MÉLISSE

TRAGI-COMÉDIE

ATTRIBUÉE A MOLIÈRE

PARIS

Nouvelle Collection Moliéresque

M DCCC LXXIX

NOUVELLE COLLECTION MOLIÉRESQUE

II

MELISSE

TRAGI-COMÉDIE

ATTRIBUÉE A MOLIÈRE

TIRAGE

300 exemplaires sur papier vergé (Nos 41 à 340).
20 — sur papier de Chine (Nos 1 à 20).
20 — sur papier Whatman (Nos 21 à 40).
340 exemplaires, numérotés.

No 187

MELISSE

TRAGI-COMÉDIE

ATTRIBUÉE A MOLIÈRE

AVEC UNE NOTICE
PAR LE
BIBLIOPHILE JACOB

PARIS

LIBRAIRIE DES BIBLIOPHILES

Rue Saint-Honoré, 338

—

M DCCC LXXIX

PRÉFACE

—

LORSQUE *je rédigeais le Catalogue rai-
sonné de la Bibliothèque dramatique
de M. de Soleinne, en 1843, j'eus
l'occasion de parcourir la tragi-comédie de*
MELISSE, *que personne peut-être n'avait lue
avant moi, ou dont la lecture n'avait frappé,
émerveillé, préoccupé personne. En effet,
cette pièce de théâtre ne figure que dans la
table des* RECHERCHES SUR LES THÉATRES DE
FRANCE, *par Beauchamps (Paris, Prault, 1735,
in-4), et elle se trouve seulement mentionnée,
sous l'année 1658, dans la* BIBLIOTHÈQUE DU
THÉATRE FRANÇOIS *(Dresde, Michel Groell,
1768, 3 vol. in-8), qui n'est qu'une description
analytique de la Bibliothèque dramatique du
duc de La Vallière, laquelle est entrée, pour la
plus grande partie, dans la Bibliothèque du
marquis de Paulmy, acquise par le comte*

1

d'Artois en 1784, et devenue aujourd'hui la Bibliothèque de l'Arsenal.

Je ne fis alors qu'examiner à la hâte cette pièce, inconnue de tous les bibliophiles (sans nom de lieu ni d'imprimeur, et sans date, in-12, de 4 ff. préliminaires, avec un simple faux titre, et de 80 pages), et je fus tellement étonné d'y trouver des pensées délicates, des vers admirablement venus, des passages de style excellent, qui me rappelaient la langue de Molière, que je n'ai pas hésité à soupçonner, dans cette œuvre ignorée, un des premiers essais de notre grand poète comique. Voici la note que j'écrivis au-dessous de l'article de MÉLISSE, que j'avais cru devoir placer sous la date de 1639, au lieu de celle de 1658, que l'abbé Rive avait indiquée approximativement au duc de La Vallière :

Il est bien singulier que les bibliographes du théâtre qui ont cité cette pièce, dont tous les exemplaires commencent par un faux titre, ne se soient pas arrêtés sur un ouvrage aussi remarquable. Le sujet est assez peu de chose par lui-même, et le genre d'une pastorale a toujours certaine fadeur que l'habile arrangement des scènes ne corrige pas même dans ce chef-d'œuvre inconnu. Oui, chef-d'œuvre, surtout si on le compare à tout ce qui paraissait sur la scène à cette époque. Qu'on se figure un langage harmonieux, élégant, facile, naturel ; un style toujours pur et toujours franc ; les qualités enfin qui ca-

ractérisent celui de Molière. Répétons-le avec
assurance, il n'y a que Molière qui sut écrire de
cette sorte avant Racine. Voici une citation prise
au hasard :

> *Alexis, de l'amour le pouvoir est etrange :*
> *Un amant mille fois en un moment se change,*
> *Et de ses passions l'impetueux reflus*
> *Luy fait par fois haïr ce qu'il aime le plus.*
> *Au fort de la douleur, aveugle, il s'imagine*
> *Chasser facilement l'objet qui le domine,*
> *Et par le vain secours de sa foible raison*
> *Il croit rompre ses fers et briser sa prison ;*
> *Mais, s'il voit seulement les yeux qui le maistrisent,*
> *Ses frivoles projets tout à coup se detruisent,*
> *Et de sa lacheté tel est le repentir*
> *Qu'il redouble ses fers pour n'en jamais sortir.*

Quel style ! Est-ce Colletet, est-ce Desmarets,
est-ce Rotrou lui-même, qui trouvent ainsi la
rime sans la chercher? Il suffit de savoir reconnaître le caractère du style d'un écrivain pour
penser aussitôt à Molière en lisant ces extraits
d'une pièce qui date de 1640 à 1655. Que l'on
compare ces portraits de femmes à ceux que Cé-
limène trace si finement dans *le Misanthrope*.
Ceux-ci sont moraux, ceux-là sont physiques ;
mais le mouvement de la phrase est presque semblable dans les deux passages :

> *Nerine a les yeux bruns, Æglé le teint de lys ;*
> *Diane est complaisante, et douce Amarillis ;*
> *Galathée à danser a merveilleuse grace,*
> *Et Cloris à chanter les rossignols surpasse ;*
> *Phillis est toute jeune, et, dans son beau printemps,*
> *Arethuse a des traits encor bien eclatans ;*
> *Sylvie est enjouée, et la belle Caliste*
> *Ne laisse pas de plaire, encor qu'elle soit triste.*

Combien de vers charmants, dignes de Molière!

Helas ! on sait trop tôt ce qui doit affliger :
Le bonheur est tardif, et le mal est léger...
On ne plaint point son mal quand il est volontaire...

On n'exprime pas bien une ardeur violente
Que le cœur ne sent pas et dont l'ame est exempte...

Nous croyons donc que cette pièce est de Molière, qui composait alors des tragédies, et qui pouvait bien aborder les tragi-comédies pastorales; mais celle-ci ne fut jamais publiée, et les quelques exemplaires qu'on en a vus ne servirent peut-être qu'à la représentation de la pièce sur l'Illustre-Théâtre ou chez le prince de Conti. Le prologue, où l'auteur promet à Louis XIII la défaite du croissant s'il veut entreprendre une croisade contre les Turcs, fut-il cause qu'on refusa le privilège nécessaire à la publication?

J'avais touché juste sur plus d'un point dans cette note, qui contenait plus d'une erreur que j'ai reconnue depuis. L'attribution que j'osais faire de la tragi-comédie de Melisse *à Molière rencontra plus d'un adhérent, et l'opinion littéraire des connaisseurs se traduisit par le prix élevé auquel fut porté l'exemplaire de Soleinne aux enchères de la vente publique. Ce prix a été maintenu et surpassé depuis dans les ventes où* Melisse *a reparu de loin en loin, et le savant auteur du* Manuel du Libraire *n'a pas oublié de donner place, dans son ouvrage, à cette pièce intéressante, en ajoutant à la mention qu'il en a*

faite une note très judicieuse (5ᵉ *édition du*
Manuel, 1862) :

« *Cette pièce, en cinq actes, avec un prologue,
renferme des vers élégants et faciles, qui
prouvent que l'auteur n'était pas sans talent
poétique. Nous ne pensons pas cependant
qu'elle soit l'ouvrage de Molière, comme l'af-
firme M. Paul Lacroix dans le Catalogue de
M. de Soleinne (n⁰ 1180), où l'exemplaire, en
veau marbré allemand, est coté 67 fr. 50 c.
Le duc de La Vallière la place vers 1629, et
M. P. Lacroix, après avoir dit qu'elle date
de 1640 à 1655, a pensé que le prologue de
l'auteur promet à Louis XIII la défaite du
croissant s'il veut entreprendre une croisade
contre les Turcs. Or, comme ce monarque est
mort en mai 1643, la pièce ne peut être pos-
térieure à l'année 1642, époque à laquelle
Molière n'avait encore que vingt ans. D'ailleurs, est-il permis de croire que ce poète
philosophe ait conseillé à son roi une croisade
contre les Turcs ? Le second exemplaire de
M. de Soleinne (2ᵉ Supplément, n⁰ 189) n'a été
vendu que 35 fr., mais il a été payé 79 fr. à la
vente Solar. Cette même pièce est portée dans
le Catalogue de La Vallière, par Nyon (n⁰
17,621), comme donnée en 1658.* »

Mon jugement, ou plutôt mon instinct, ne
m'avait pas trompé, lorsque j'avais proposé
d'attribuer Melisse à Molière. En étudiant

1.

de plus près la question, j'ai pu grouper un certain nombre d'inductions ou de faits qui viendraient à l'appui de cette attribution, faite d'abord un peu à la légère et sous l'influence d'une sorte de divination ou de pressentiment. Toutefois, Molière ne serait pas le seul auteur de cette tragi-comédie, qui présente beaucoup de mauvais vers et même des scènes imparfaites, écrites avec assez de négligence et remplies d'exagérations déclamatoires, à côté de scènes délicieuses, de vers exquis et de beautés incontestables. J'en suis donc venu actuellement à présumer que Molière avait eu un collaborateur, et que ce collaborateur était Madeleine Béjart, qui se mêlait aussi d'écrire des pièces de comédie en vers, et qui fit représenter un DON QUICHOTTE de sa façon sur le théâtre du Petit-Bourbon. Ce n'est d'ailleurs qu'une simple conjecture, pour expliquer, autant que possible les disparates de composition et de style, qu'on remarque dans la tragi-comédie de MELISSE.

Cette tragi-comédie a été peut-être composée et jouée sur des théâtres de province dès les premiers temps de l'association de Molière avec Madeleine Béjart, lorsqu'ils faisaient la comédie, dans les villes de l'ouest et du midi de la France, avec une troupe de campagne dont ils étaient les principaux su-

jets. On distingue en effet, dans MELISSE, *un si grand nombre de vers traduits ou imités des* BUCOLIQUES *de Virgile, de* L'ART D'AIMER *d'Ovide et de* LA NATURE DES CHOSES *de Lucrèce, qu'on est tenté de croire que Molière, en écrivant les meilleurs morceaux de cette tragi-comédie, se laissait aller à des réminiscences classiques du collège des Jésuites, qu'il avait quitté depuis peu de temps.*

Mais il est bien certain que l'impression de la pièce ne peut être antérieure à l'année 1658, comme l'abbé Rive l'avait deviné, ou comme la tradition le lui avait appris. Cette date précise est constatée par le prologue que récite Pénée, fleuve de Thessalie. A cette époque, on songeait sérieusement à l'envoi d'une expédition française en Grèce, où les Turcs, qui assiégeaient Candie et qui ne parvenaient pas à s'emparer de cette ville, malgré des attaques continuelles, allaient se ravitailler sur les côtes de la Morée et ne cessaient de molester la population indigène. Ce n'est qu'en 1669 que Louis XIV envoya une escadre, commandée par le duc de Beaufort, secourir la ville de Candie, assiégée par des flottes ottomanes qui s'éloignaient et reparaissaient depuis vingt-cinq ans, sans parvenir à s'emparer de cette malheureuse ville, défendue par les chevaliers de Malte. Le prologue de MELISSE *ne fait pas allusion à l'expédition confiée au duc de Beau-*

fort en 1669, *mais bien à la nomination de ce
prince, fils aîné de César, duc de Vendôme,
à la charge de grand amiral de France, que
son père avait exercée avant lui. C'est bien
en* 1658 *que le duc de Beaufort, qui avait joué
pendant la Fronde le rôle d'un tribun popu-
laire, rentra en grâce auprès du roi et fut mis
à la tête de l'amirauté de France, en prévision
des secours que Louis XIV voulait envoyer
aux assiégés de Candie et d'une espèce de
croisade projetée contre les Turcs et contre
les corsaires algériens qui infestaient la Mé-
diterranée. Telle est l'explication de ces vers
du prologue de* MELISSE, *que j'avais mal compris à première vue, et dans lesquels je n'avais
reconnu ni Louis XIV, ni son cousin François de Vendôme, duc de Beaufort :*

> Mais, ô bonheur plus grand ! je voy de ce héros
> Un illustre surgeon paroistre sur les flots
> Et porter jusqu'icy sa royale bannière ;
> Je voy par sa valeur ces costeaux, restablis,
> Reprendre leur verdeur et leur grace première,
> Et le croissant servir au monarque des lys.
> Mais je sens que le Ciel me ferme ses secrets...
> Hé bien ! ne troublons pas l'ordre de ses décrets :
> Un heureux avenir nous les fera connoistre...

*Il faut, ce me semble, voir dans ces vers,
un peu trop flatteurs pour le duc de Beaufort,
qui sortait à peine de disgrâce, le motif d'un
refus de privilège du roi pour l'impression*

de cette tragi-comédie, que la troupe de Molière et des Béjart, nouvellement établie à Paris au mois d'octobre de l'année 1658, avait peut-être représentée à l'hôtel de Vendôme. Le Registre de la Grange ne signale pourtant que deux visites des comédiens du Palais-Royal chez le duc de Vendôme, en 1660 et en 1661.

Quant à l'impression de MELISSE, on peut s'en tenir à la date de 1658. Cette édition est plus soignée que la première édition du SGANARELLE de Molière, qui fut imprimé chez Jean Ribou en 1660; mais il y a beaucoup de rapports entre les deux impressions, et les caractères employés sont les mêmes dans les deux éditions. Le fleuron elzévirien qui termine le prologue de MELISSE se retrouve d'ailleurs dans plusieurs éditions originales des pièces de Molière, et le fleuron qui figure à la fin de la pièce comme à la fin de l'argument appartient aussi aux imprimeries parisiennes de cette époque.

Il faudrait citer deux ou trois cents vers si l'on voulait faire un choix de tous ceux qui ont le cachet du style de Molière et qui portent, pour ainsi dire, sa marque de fabrique. Contentons-nous d'en extraire une trentaine :

Philene, nostre amour ne dépend pas de nous :
Nous prestons nostre cœur, nous recevons les coups;

Mais l'aveugle destin, que son caprice inspire,
Tient sur nos volontez un tyrannique empire.
Dans le moment fatal que se forment nos corps,
Il y met des instincts, des penchans, des rapports,
Et de nos ascendans la force souveraine
Nous incline à l'amour ou nous porte à la haine.

(Acte II, sc. v.)

Qui se laisse amollir des soûpirs d'une femme
A bien moins de pitié que de foiblesse en l'ame.
Le courage consiste à mépriser des pleurs
Que l'on verse avec art pour émouvoir nos cœurs.

(Acte III, sc. i.)

Ah! généreux ami, quelle reconnoissance
Peut à tant de bontez servir de récompense?
Quelles graces te rendre, et pour un tel bienfait
Quels termes ne sont pas au-dessous de l'effet?
Non, non, tous mes soupçons sont allez en fumée;
Ma raison a repris sa force accoustumée,
Et je voy clairement que mon esprit jaloux
Me faisoit deffier injustement de vous.

(Ibid.)

O bien heureux celuy qui, dès son plus jeune age,
A pu se garantir de l'amoureux servage,
Et qui n'a point receu dans son cœur ce poison
Qui trouble des mortels la première saison,
Qui ne s'est point laissé surprendre par les charmes
D'un objet suborneur, source de mille allarmes,
Et qui n'a point soumis au caprice d'autruy
Un bonheur qui ne doit dépendre que de luy!
Il ne sçait ce que c'est que soûpirs et que plaintes;
Il n'est point agité de soucis et de craintes,
Et des cruels soupçons le redoutable essein
Ne mord point nuit et jour son miserable sein.

Il n'est point en regrets consumé par l'absence;
Il n'est point de desirs flatté par la presence,
Et n'a jamais connu les souris affectez,
Ni les fausses faveurs, ni les feintes fiertez.
Il gouste les plaisirs où l'age le convie,
Et voit ainsi couler heureusement sa vie.

                    (*Acte III, sc. II.*)

Il faudrait reproduire ici toute la scène III
du troisième acte de MELISSE *pour faire res-*
sortir les ressources de la langue poétique et
les raffinements de dialectique amoureuse
que l'auteur a mis au service de la bergère
Orante, pour démontrer par des tableaux
pittoresques combien l'amour exerce d'em-
pire sur tous les êtres animés. Ce sont là,
sans doute, des figures de rhétorique; mais
l'expression brillante et colorée leur donne
une valeur particulière, qu'on n'est pas ac-
coutumé à trouver dans les meilleures poésies
de ce temps-là. Ces qualités sont encore re-
haussées par des imitations ou plutôt par des
reflets de ces grands poètes anciens que Mo-
lière savait par cœur, Ovide, Virgile et Lu-
crèce. On ne saurait oublier que Molière
avait traduit Lucrèce en vers libres. N'est-ce
pas, par exemple, au début du poème de Lu-
crèce que semble nous reporter cette ingé-
nieuse peinture des effets de l'amour dans le
système du monde?

Alexis, il n'est rien qui n'aime en la nature :

Chaque chose en ressent l'agreable blessure,
Et les membres épars de ce grand univers
Ont chacun leur amour et leur penchant divers.
Le Ciel aime la Terre, et d'une ardeur fidelle,
Pour la voir, tous les jours il roule à l'entour d'elle,
Sans que, depuis le cours de tant d'ans révolus,
Il ait rien relasché de ses soins assidus.
Ces brillans de la nuit, ces estoilles luisantes,
Sont dans leur amitié si fermes, si constantes,
Qu'elles n'ont point encor, changeant leur premier lié
Voulu se joindre à l'Ourse, ou panché vers l'Essieu.
Ces Errans argentez qui font nostre fortune,
Et qui courent sans règle une route commune,
N'ont-ils pas leurs aspects, leurs regards amoureux,
Leurs tendres unions et leurs nœuds si fameux ?
Voy, voy les Elemens : mesme ardeur les travaille,
Et, quoy que bien souvent ils se livrent bataille
Et fassent à nos yeux de terribles fracas,
C'est pour se mieux unir qu'ils forment ces débats.
Ce reflus de la mer, que tout le monde admire,
Est l'effet d'un amour qui souffre et qui desire,
Et ce fleuve qui tasche à surmonter son bord
Veut caresser sa grève et l'estreindre plus fort.
Est-il rien de plus dur qu'une roche hautaine ?
Elle est pourtant sensible à l'amoureuse peine,
Et ne peut écouter les plaintes d'un amant
Qu'elle ne luy réponde et plaigne son tourment.
Le fer plaist à l'aimant, et la paille amoureuse
Saute d'un vol léger vers l'ambre précieuse.

*Sans doute, ce n'est pas le ton ordinaire du
dialogue dramatique; mais c'est bien de la
poésie, et de la poésie puisée aux sources de
l'antiquité grecque et romaine.*

Il y a en outre, dans MELISSE, *un indice frappant de l'origine que nous lui avions attribuée : ce sont les analogies irrécusables qui existent entre cette tragi-comédie pastorale et la comédie-ballet de* LA PRINCESSE D'ÉLIDE. *Le sujet n'est sans doute pas exactement le même dans les deux pièces ; mais on peut reconnaître en plus d'un endroit que Molière, qui dut improviser* LA PRINCESSE D'ÉLIDE *en* 1664, *se souvenait de la* MELISSE *de* 1658. *Melisse aime un berger insensible, Alexis, qui résiste longtemps à l'amour et qui finit par céder à son pouvoir. La princesse d'Élide aime Euryale, prince d'Ithaque, qui feint d'être insensible et de repousser les avances de cette princesse, pour mieux lui gagner le cœur et la forcer à le préférer à ses rivaux. Il est question aussi, dans les deux pièces, d'une chasse et d'un sanglier, qui amènent des scènes tragiques dans* MELISSE, *des scènes comiques dans* LA PRINCESSE D'ÉLIDE. *Enfin, ces vers, chantés dans le cinquième intermède de la comédie-ballet, résument à la fois le sujet des deux pièces et en sont en quelque sorte la moralité :*

> Usez mieux, ô beautés fières !
> Du pouvoir de tout charmer ;
> Aimez, aimables bergères :
> Nos cœurs sont faits pour aimer.
> Quelque fort qu'on s'en défende,
> Il faut y venir un jour.

Il n'est rien qui ne se rende
Au doux charme de l'amour.

Il est sans doute difficile de découvrir dans deux pièces si différentes de genre et de style des similitudes complètes, des répétitions identiques d'idée et de forme; cependant on peut en signaler quelques-unes qui viennent à l'appui de l'opinion que j'ai émise spontanément il y a trente-deux ans, et que je crois aujourd'hui pouvoir établir sur des preuves probables, sinon certaines. C'est bien Molière qui a remis en prose, dans LA PRINCESSE D'ÉLIDE, *certains vers qu'il avait composés pour* MELISSE.

Il avait dit dans MELISSE (*p.* 11) :

Mais qui peut bien de soy jusques là presumer
De vouloir estre aimée et de ne point aimer?

Il fait dire à la princesse d'Élide (acte III, sc. IV) : « *Sans vouloir aimer, on est toujours bien aise d'être aimé.* »

Dans MELISSE (*p.* 37), *Alexis proclame en ces termes son insensibilité :*

Je renonce à l'amour, et je n'accepte rien
De tout ce que l'on m'offre au nom de ce lien.

Dans LA PRINCESSE D'ÉLIDE (*acte III, sc.* IV), *Euryale fait la même profession de foi :* « *Rien n'est capable de toucher mon cœur; ma liberté est la seule maîtresse à qui je consacre mes vœux.* »

*Melisse reproche à son Alexis de la leurrer
d'un amour qu'il ne ressent pas (p. 61) :*

Quelle gloire auras-tu de m'avoir abusée ?
Ne feins point de m'aimer si tu ne m'aimes pas.

*La princesse d'Élide répond à Euryale,
qui se dépouille enfin de sa feinte indifférence (acte V, sc. II) : « Non, non, Prince,
je ne vous sais pas mauvais gré de m'avoir
abusée. »*

*Alexis proteste de sa passion pour Melisse
(p. 61) :*

L'amour, qui de nos cœurs absolument dispose,
A fait en un moment cette métamorphose :
Du berger insensible il a tout effacé...

*Euryale exprime les mêmes sentiments à la
princesse d'Élide (acte V, sc. II) : « Il faut
lever le masque, et, dussiez-vous vous en pré-
valoir contre moi, découvrir à vos yeux les
véritables sentiments de mon cœur. C'est
vous, Madame, qui m'avez enlevé cette qua-
lité d'insensible. »*

*Melisse adresse des reproches à l'amour
qui la domine (p. 5) :*

Agréable tyran, doux et cruel vainqueur,
Qui, flattant mon orgueil, as captivé mon cœur ;
Trop charmant ennemi dont je suis poursuivie,
Amour, pourquoy si fort tourmentes-tu ma vie ?

La princesse d'Élide fait à peu près les

mêmes reproches à l'amour (acte IV, sc. VII) :
« Si ce n'est pas de l'amour que ce que je
sens maintenant, qu'est-ce donc que ce peut
être? et d'où vient ce poison qui me court
par toutes les veines et ne me laisse point en
repos avec moi-même? Sors de mon cœur,
qui que tu sois, ennemi qui te caches! »

Il ne faut pas perdre de vue que la pasto-
rale tragi-comique était à la mode lorsque
Molière débutait dans la double carrière de
comédien et d'auteur dramatique. C'était un
dernier écho de l'ASTRÉE de d'Urfé; c'était
aussi une nouvelle incarnation des bergers et
des bergères, qui se montraient de nouveau,
à côté des princes et des princesses, dans les
longs romans d'amour de Mlle de Scudéry.
Molière, comme le prouvent les intermèdes de
ses comédies et les vers qu'il composait pour
être mis en musique, avait le goût de la poé-
sie amoureuse, qui convenait si bien à la pas-
torale. Il ne dédaigna pas de composer LA
PASTORALE COMIQUE et MÉLICERTE après avoir
fait DON JUAN et LE MISANTHROPE. On ne
saurait donc s'étonner que, longtemps après
avoir fait ces deux chefs-d'œuvre, il ait
composé MELISSE et joué le rôle d'Alexis dans
cette tragi-comédie pastorale,

P. L. JACOB, bibliophile.

MELISSE

TRAGI-COMEDIE PASTORALE

2.

ARGUMENT DE LA PIÈCE

TANDIS que la peste dépeuploit miserablement les troupeaux des vallées de Tempé en Thessalie, et qu'on attendoit impatiament la réponse de l'oracle, qu'on avoit envoyé consulter pour tâcher d'apprendre le moyen de faire cesser ce malheur, Melisse, bergere de ce canton, estoit passionnément amoureuse d'Alexis, jeune berger du mesme païs, mais qui faisoit gloire de fuir toute sorte d'engagement, et qui n'aimoit que la chasse et les forests. Cette bergere, tourmentée de sa passion, sort de grand matin du hameau, et va entretenir ses pensées amoureuses sur le bord du fleuve Penée, où elle est rencontrée par Orante, son amie particulière, à qui elle déclare l'origine de son amour. Comme elles discourent, elles apperçoivent Alexis endormi au pied d'un arbre, et en mesme temps un sanglier furieux s'approche du berger pour le déchirer. Melisse prend l'épieu d'Alexis, combat la beste et la contraint à s'enfuir. Alexis se réveille, et Philene, autre berger éperdument amoureux de Melisse, estant arrivé, ils prennent tous deux résolution de poursuivre la beste, pour la punir de l'insolence qu'elle a euë d'attaquer cette bergere. Melisse tasche à détourner Alexis de cette résolution, mais elle n'en peut venir à bout, et les deux bergers vont à la chasse du sanglier. Cependant Philene, ayant eu quelque soupçon que Melisse aimast Alexis, tasche à s'en éclaircir, et pour cet effet il feint qu'Alexis ait péri à la chasse et qu'il ait esté déchiré par le sanglier. Melisse fait alors de grandes plaintes, et découvre l'amour qu'elle a pour ce berger. Dans ce mesme moment, Alexis revient de la chasse; elle le prend pour son ombre, et n'est qu'à peine désabusée par Philene, qui luy fait mille reproches et luy avouë qu'il luy a joüé cette piece pour découvrir si elle aimoit Alexis. Melisse, voyant son secret découvert, et qu'indubitablement Philene conteroit le tout à Alexis, son intime ami, prie Orante de le prévenir, et d'aller elle-mesme découvrir sa passion à ce berger et l'obliger à avoir quelque tendresse pour elle. Orante s'acquitte de sa commission, et tasche à prouver à Alexis qu'il faut aimer par tous les exemples et toutes les raisons qu'on allègue d'ordinaire sur ce sujet; mais elle n'en peut venir à bout, ce qui désespere Melisse et luy fait prendre la résolution de mourir. Sur ces entrefaites, on apporte la réponse de l'oracle, qui porte que *la peste ne finira point qu'un cœur insensible à l'amour ne brusle en sacrifice*. Tout le monde jette les yeux sur Alexis, qui fait vanité de ne rien aimer, et on le destine au dernier supplice. Melisse vient à la traverse, qui prétend que c'est elle que l'oracle demande, parce qu'elle a esté insensible à l'amour de Philene. Ce débat rend le grand prestre irrésolu, et fait qu'il va prier les dieux, dans le temple voisin, de déclarer par quelque signe lequel des deux bergers ils veulent estre immolé. Pendant son absence, Alexis devient amoureux de Melisse, et l'Amour descend dans le temple, qui prononce qu'*il faut unir les victimes*. On croit que les dieux veulent qu'on sacrifie les deux bergers à l'amour. Tandis que les préparatifs se font, Alexis découvre par hazard l'amour qu'il a pour Melisse (ce que le grand prestre ignoroit, comme on a dit cy-dessus). Cela luy donne lieu de croire que l'oracle se doit entendre autrement qu'on a fait, et dans ce mesme temps deux prodiges arrivent, sçavoir la consommation du bûcher par le feu du ciel et la cessation de la peste : si bien qu'Alcandre ne doute plus que l'oracle ne soit tout à fait accompli et les dieux appaisez. Pour couronnement, il mène les deux bergers au temple pour y estre unis du nœud de l'hymenée.

———

NOMS DES ACTEURS.

Penée, fleuve de Thessalie (*Prologue*).
Melisse, bergere.
Orante, amie de Melisse.
Alexis, berger.
Philene, amoureux de Melisse.
Alcandre, grand prestre.
Tircis,
Damon, } assistans d'Alcandre.
Ægon, messager.
Troupe de bergers et bergeres.

*La scène se passe dans les vallées de Tempé
en Thessalie.*

MELISSE

TRAGI-COMEDIE PASTORALE

PROLOGUE

PENÉE, *fleuve de Thessalie.*

De mon palais secret, bordé de joncs touf-
    fus,
Que pare un beau lambris de glaçons
    suspendus,
Où l'on foule la mousse, où la fraischeur abonde,
Et que d'un vain effort le jour tasche à percer,
Je viens dans ces beaux lieux, les delices du monde,
Conduit par un instinct que je n'ay pû forcer.

Fut-il de nuit plus propre et de temps plus serain ?
Le ciel paroist d'argent, et la lune en son plain

D'un esclat nompareil y fournit sa carriere;
Les astres obscurcis cedent à sa splendeur,
Et l'œil qui la contemple avec tant de lumiere
Croit voir le frere assis dans le char de la sœur.

Les vents sont resserrez dans leurs sombres cachots;
Le bruit est retenu, tout est dans le repos;
D'un pas tranquille et lent ma belle onde s'avance,
Et les nymphes des bois, qui redoutent le jour
Et craignent des mortels la profane présence,
Viennent se promener dans cet heureux séjour.

Que vous estes charmans, beaux lieux, beaux enchanteurs!
Que vous avez d'appas et d'aimables douceurs,
Et qu'à bon droit partout on chante vos loüanges!
Qui ne sçait pas, Tempé, tes verdoyans costaux,
Tes antiques forests, tes moissons, tes vendanges,
Tes fontaines, tes prez, tes rustiques canaux?

Mais cela de tout temps ne m'est-il pas connu?
Penée admire-t-il ce qu'il a cent fois vu?
Qui me fait donc errer dans ces lieux solitaires?
Ah! je m'en aperçoy, les favorables dieux
Veulent de l'avenir m'apprendre les mysteres
Et l'important secret du destin de ces lieux.

Je voy, je voy qu'un jour, ô déplorable sort!
Le barbare Croissant, d'un redoutable effort,
Viendra les asservir, enchaisnera mon onde!
Je voy de ce climat les bergers fugitifs

Aller chercher bien loin, et dans un autre monde,
Un assuré refuge à leurs troupeaux craintifs !

Je voy que vers la Seine ils arrestent leurs pas;
Je la voy qui leur tend ses charitables bras,
Et veut rendre avec eux ses campagnes communes.
Ils acceptent bientost un bonheur si present,
Et ne regrettent plus les longues infortunes
Qui leur ont fait trouver un séjour si plaisant.

Je voy dans un long cours cent monarques françois
Affermir leur repos par mille beaux exploits,
Et ne dédaigner point le soin des pasturages;
Mais entre ces heros se présente un Louis
Qui n'eut jamais d'égal dans la suitte des âges,
Et qui ravit mes sens par ses faits inoüis.

Je ne m'en sçaurois taire, et, puisqu'à mon desir
Le sort daigne accorder de le voir à loisir,
Je veux m'entretenir de ses rares merveilles...
Qu'il est grand, qu'il est beau, qu'il a de majesté !
Il enchante les yeux, il charme les oreilles,
Et fait à tous les cœurs perdre la liberté.

C'est luy qui, d'olivier pompeusement orné,
Tarira des malheurs le déluge obstiné
Et fera refleurir les champs sous son empire;
Il sera des bergers l'inesbranlable appuy,
Et, si jamais contr'eux quelque orage conspire,
Ils n'auront de recours à d'autre dieu qu'à luy.

3

Ah! qu'il deffendra bien leurs brebis des assauts
Qu'ozeroient leur livrer les plus fiers animaux!
Son nom sera par tout plus craint que le tonnerre;
Le *Serpent*, le *Lion*, l'*Aigle*, les *Léopards*,
De peur que chez eux-mesme il ne porte la guerre,
De leurs mers, de leurs monts, se feront des remparts.

Mais, ô bonheur plus grand! je voy de ce heros
Un illustre surgeon paroistre sur les flots
Et porter jusqu'icy sa royale banniere;
·Je voy par sa valeur ces costaux, restablis,
Reprendre leur verdeur et leur grace premiere,
Et le Croissant servir au monarque des lys.

Mais je sens que le Ciel me ferme ses secrets.
Hé bien! ne troublons point l'ordre de ses décrets:
Un heureux avenir nous les fera connestre.
Aussi bien de la nuit l'astre a quitté les cieux.
L'aurore dans ce lieu nous surprendroit peut-estre:
Retirons-nous. Adieu, vallons délicieux.

ACTE PREMIER

SCENE PREMIERE.

MELISSE.

AGREABLE tyran, doux et cruel vainqueur,
Qui, flattant mon orgueil, as captivé mon
    cœur ;
Trop charmant ennemi dont je suis
    poursuivie,
Amour, pourquoy si fort tourmentes-tu ma vie?
La nature en tous lieux gouste le doux repos,
Le sommeil seme encor ses humides pavots,
Dans le grand univers regne un profond silence,
Les oiseaux dans les bois dorment en asseurance,
Le paresseux Hesper brille sur l'horison,
Et l'Aurore est encor dans les bras de Tithon,

Tandis qu'abandonnée à mes inquiétudes,
Je viens chercher l'horreur des noires solitudes,
Y plaindre mon tourment, qui n'eut jamais d'égal,
Et rendre les rochers sensibles à mon mal.
Quel est mon crime, Amour, et que t'a fait Melisse
Pour exercer contr'elle un si cruel supplice?
Hélas!

SCENE II.

MELISSE, ORANTE.

ORANTE.

Que voy-je icy? Quoy! Melisse en ces lieux!
Est-ce elle, et dois-je croire au rapport de mes yeux?
C'est elle; abordons-la... Melisse?

MELISSE.

Qui m'appelle?

ORANTE.

Ah! Melisse, bon jour.

MELISSE.

Ah! bon jour, ma fidelle.

ORANTE.

J'allois chez Alcidon, dans le prochain hameau,
Prendre une herbe de luy pour mon pauvre troupeau,
Herbe qu'on doit cueillir au lever de l'aurore,
Abondante en rozée et toute moitte encore
(Vous sçavez qu'Alcidon, de retour en ces lieux,
Vante publiquement ses secrets curieux).

Parmy l'obscurité j'ay cru vous reconnoistre;
Mais pourquoy si matin vous voir icy paroistre,
Et quel est le chagrin qui se découvre en vous?

MELISSE.

Pouvez-vous l'ignorer, estant commun à tous?
Et, quand la Thessalie éprouve de la peste
Le ravage cruel à ses troupeaux funeste,
Peut-on n'estre pas triste et ne pas fuir les lieux
Où rien que de fâcheux ne se présente aux yeux?

ORANTE.

Il est vray que nos maux passent toute croyance,
Et que les dieux sur nous exercent leur vengeance,
Puisqu'il nous reste à peine, en nos tristes malheurs,
Des troupeaux pour pouvoir estre appelez pasteurs.
Jamais contagion ne fut si redoutable,
Et nulle autre jamais ne luy fut comparable.
La brebis seiche à l'œil, devient have, maigrit,
Dans l'estable s'abbat, s'attriste, déperit,
Ne tient compte de l'herbe autrefois si cherie,
Enfin, malgré nos soins, meurt dans la bergerie.
La lune a son croissant renouvellé trois fois
Depuis que ce poison a corrompu nos toits;
Mais il faut esperer que nos pleurs et nos larmes
Flechiront les grands dieux, feront tomber leurs armes,
Et qu'un oracle prompt arrestera le cours
Des malheurs obstinez qui troublent nos beaux jours.
Nous attendons ce jour le messager fidelle
Qui nous doit apporter cette bonne nouvelle.
Cependant l'on n'entend que vœux aux immortels;

3.

Mais, entre tous, de Pan on charge les autels.
Pan aime les troupeaux, il les garde, il les veille,
Il est porté pour eux d'une ardeur sans pareille ;
Sur tout la Thessalie est l'amour de son cœur,
Puisque toujours l'encens y fume à son honneur,
Depuis qu'il voulut bien instruire nos ancestres
A joindre avec la glû des chalumeaux champestres.

Melisse.

Orante, je souhaite autant ou plus que vous
De voir finir bien-tost le celeste courroux.
J'attends ce jour heureux avec impatience.

Orante.

Mais, de grace, avoüez, Melisse, en confidence,
Que d'une autre douleur vostre esprit agité
S'est venu délasser près ce bois écarté :
Car, depuis le moment que la peste cruelle
Fait de nos chers troupeaux une moisson mortelle,
Vous n'avez point quitté le hameau si matin,
Ni jusqu'au ton de voix monstré tant de chagrin.

Melisse.

C'est pourtant cela seul dont l'affligeante image
Me tourmente sans cesse et ternit mon visage.

Orante.

Quoy ! pour ce seul sujet vous cherchez les forests,
Vous fuyez le repos et poussez des regrets !
Melisse, assurément, quelque secrete cause
Fait aujourd'huy dans vous cette métamorphose.
Ouvrez-moy vostre cœur, ne me déguisez rien,

Puisque vostre interest m'est cher comme le mien.
« Quand dans un sein ami l'ame se communique,
« Elle émousse le trait du chagrin qui la pique. »

MELISSE.

Chere amie, il est vray, puisqu'enfin tu l'as vû,
Le secret desormais en seroit superflu...
Le soin de nos troupeaux ne fait pas ma tristesse,
Et c'est de mes malheurs le fardeau qui m'opresse;
Mais, pour te découvrir qui peut en estre autheur,
Ne me fai point rougir, épargne ma pudeur.
Devine si tu peux, et fai que j'oze dire
Qu'au moins ma bouche a sçû te cacher mon martyre;
Consultes-en mes yeux, ils t'en éclairciront;
Mais de confusion ne couvre point mon front.

ORANTE.

A ces mots ambigus je ne puis rien comprendre.
De grace, faites-vous, Melisse, mieux entendre.

MELISSE.

Chere sœur, Alexis...

ORANTE.

Achevez, Alexis...
Mes doutes par ce mot ne sont point éclaircis.

MELISSE.

Au nom de ce berger, rempli de tant de charmes,
Ne connois-tu pas bien ce qui fait mes allarmes?
Qu'est-ce qu'il te faut plus? ne vois-tu pas l'effet
Qui doit estre attendu d'un berger si parfait?

ORANTE.

Non, je ne le sçaurois, si ce n'estoit peut-estre
Qu'à l'éclat des beautez qu'en vous on voit paroistre,
Ce berger eust ozé, par un hardi dessein,
A l'ardeur de vos feux offrir son jeune sein,
Vous conter sa langueur d'un discours témeraire,
Et possible un peu trop s'efforcer de vous plaire.
Mais pour cela, Melisse, il ne faut point rougir :
C'est un mal que souvent il vous faudra souffrir,
Et, dans le beau printemps de vos jeunes années,
Vous verrez des bergers les troupes enchaisnées
Suivre à l'envi vos pas, et souvent soûpirer
Des maux que vos rigueurs leur feront endurer.

MELISSE.

N'insultez point, Orante, à mon malheur extrême...
L'ingrat ne m'aime point, hélas ! C'est moy qui l'aime.

ORANTE.

Quoy ! vous l'aimez, Melisse ?

MELISSE.

    Oüy, je l'aime, et c'est luy
Qui fait tout mon chagrin, qui fait tout mon ennuy.
Pardonne, chere sœur, si ma bouche honteuse
T'a celé jusqu'icy ma foiblesse amoureuse.
Je connois ton esprit, je sçay quelle est ta foy ;
« Mais qui n'a rien aimé se fie à peine à soy. »

ORANTE.

Je ne m'estonne pas que vous aimiez, Melisse :
« L'amour est des humains le premier exercice » ;

Et, puisque ce beau feu devoit vous enflammer,
Alexis seul estoit digne de vous charmer.
Mais d'où vient qu'une ardeur et si pure et si belle
N'a point fait naistre en luy de flamme mutuelle?
Est-ce que vostre amour luy seroit inconnu,
Ou que d'un autre objet son cœur fust prevenu?

MELISSE.

Non, il ne connoist pas la grandeur de mes peines,
Ni l'ardeur de ce feu qui desseiche mes veines;
Mais, quand il connoistroit où ses charmes m'ont mis,
Orante, j'en serois peut-estre encore pis.
Sçai-tu pas qu'à l'amour il declare la guerre,
Qu'il hait le doux lien dont une ame s'enserre,
Qu'il n'aime que les bois, les buissons, les halliers,
Et poursuit seulement les cerfs, les sangliers?
Son cœur, d'un dur écueil la véritable image,
Abhorre de l'amour l'agréable servage,
Et, bien haut exaltant sa fausse liberté,
De son propre défaut tire sa vanité.
Ainsi, soit qu'il ignore ou sçache ma souffrance,
Je ne voy que malheurs et bien peu d'esperance.

ORANTE.

« Sous pretexte souvent d'une fausse froideur,
« On cache de l'amour la veritable ardeur,
« Et qui cherche les bois et les sombres retraittes
« Cherche à s'entretenir de ses flammes secrettes. »
Mais, puisque le soleil de ses tiedes rayons
A déja surmonté les cimes de ces monts,
Qu'il est tard pour cueillir la plante salutaire

Qui doit de mon troupeau soulager la misere,
Melisse, contez-moy comment en vostre cœur
Ce sauvage berger fit naistre tant d'ardeur.

MELISSE.

Ce fut le propre jour de nostre grande feste
Que du bel Alexis je devins la conqueste.
Cet aimable berger, ayant dans divers jeux
Remporté tout l'honneur ainsi que tous les vœux,
S'en vint pour recevoir de ma main la couronne
Que, suivant la coustume, une bergere donne.
J'en ombrageay son front ; mais luy, sans plus tarder,
La remet sur ma teste et me la fait garder.

ORANTE.

Ce procédé pourtant marque une ame galante.
Que pourroit faire plus une ardeur violente ?

MELISSE.

Ecoute jusqu'au bout. M'ayant rendu le prix,
Voici de quel propos l'accompagne Alexis :
« Je vous donne, dit-il, cette offrande legere,
Et comme à la plus belle, et comme à la plus fiere,
Et pour gage asseuré que, tout ainsi que vous,
Je méprise l'amour et ne crains point ses coups. »
O caprice du sort ! ô bizarre pensée !
Ce discours me choqua, je m'en tins offensée,
Et crû qu'à mes appas c'estoit trop insulter
Que d'un pareil orgueil à mes yeux se vanter.
Je songeay donc deslors, par une pure gloire,
De soûmettre ce cœur, d'en avoir la victoire,

Et le percer de traits si puissans et si forts
Que pour me resister il fist de vains efforts.
Ce n'est pas que pour luy mon ame fust atteinte :
Si je semblois aimer, ce n'estoit que par feinte.
« Mais qui peut bien de soy jusques là presumer
« De vouloir estre aimée et de ne point aimer ? »
Ainsi donc, je poursuis mon aimable adversaire,
Et par de petits soins je m'efforce à luy plaire.
Quand il est dans le bois, quelquefois tout un jour
Je garde son troupeau jusques à son retour ;
Je caresse ses chiens, je vante leur courage,
Et luy cueille des fruits des plus beaux du village.
Mais, bien loin de toucher ce sauvage berger,
Il a sçû sous ses loix luy-mesme me ranger ;
Il a contre mon sein tourné mes propres armes,
Et de mes vains appas triomphé par ses charmes.
Cependant l'insensible, errant par ses forests,
Ignore que mon cœur soit blessé de ses traits.
Tout autre, remarquant mon extrême tristesse,
Me voyant le chercher et souspirer sans cesse :
« Sans doute, auroit-il dit, dans le fond de son cœur
Cette fille pour moy cache beaucoup d'ardeur. »
Mais il ne comprend rien à l'amoureux langage,
Et des tendres soûpirs ne connoist point l'usage.
Cent fois j'ay balancé d'embrasser ses genoux,
Et luy dire : « Alexis, j'expire de tes coups.
D'un regard de pitié soulage ta captive,
Et retien sur le bord mon ame fugitive ! »
Mais ma bouche timide a refusé toujours
D'accorder à mon cœur cet indigne secours.

Connoissant de mes maux la fatale origine,
Juge si j'ay raison de paroistre chagrine.

ORANTE.

« Vos maux, pour grands qu'ils soient, auront un meille[
« Aucun amour jamais ne fut content d'abord.
« Le comble des malheurs souvent se change en feste,
« Et la bonace suit de bien près la tempeste. »
Lorsque vostre berger sçaura vostre langueur,
Fust-il dur comme un marbre et la mesme froideur,
Il changera bien-tost sa farouche maniere
Pour vous abandonner son ame toute entiere.

MELISSE.

Que tu sçais bien flatter mes amoureux soucis!
Mais que tu connois mal l'insensible Alexis!
Un rocher est plus tendre, et le fils de Thesée
Eust paru près de luy l'ame toute embrazée.

ORANTE.

Mais voy-je pas Philene à vos pieds chaque jour?
Il me paroist pour vous tout enflammé d'amour.
Comment donc préferer au berger qui vous aime
Un autre dont pour vous le mépris est extrême?

MELISSE.

Il est vray que Philene adore mes appas,
Et que ses soins pour moy ne se conçoivent pas;
Qu'il est jeune, bien fait, doux, discret, agreable,
Et, s'il faut l'avoüer, mesme qu'il est aimable.
Cependant de mon cœur la forte aversion
S'est toujours opposée à son affection,

Et le seul Alexis en mon cœur a fait naistre
Une amour qu'il ignore ou méprise peut-estre.
Mais ne le voy-je pas, cet aimable ennemi?
Au pied de cet ormeau n'est-il pas endormi?
C'est luy-mesme, sans doute... Orante, à cette veüe,
Que mon cœur est troublé, que mon ame est émuë!
Voy, voy qu'il est bien fait, et comme ses beaux yeux
Dans l'ombre de la mort sont mesme radieux!
Voy son teint, voy sa bouche, et sa perruque blonde,
Comparable au soleil quand il renaist de l'onde.
Orante, oblige-moy, parlons un peu plus bas,
Ou plûtost, si tu veux, reculons quelques pas,
De peur que le berger, qui doucement sommeille,
Au bruit que nous ferions, en sursaut ne s'éveille.
Cependant nous pourrons...

ORANTE.

Melisse?

MELISSE.

Qu'avez-vous?

ORANTE.

Je frissonne de peur, Melisse; esloignons-nous:
Un affreux sanglier vers le berger s'avance,
Et prépare déjà sa mortelle deffense.

MELISSE.

Orante, je ne puis, en ce pressant danger,
Abandonner ainsi mon aimable berger.
J'apperçoy son espieu, je vai viste le prendre,
Et de ce foible bras tascher à le deffendre.

4

Va, rentre dans tes bois, monstre affamé de sang,
Qui veux de mon berger percer le jeune flanc,
Ou, s'il faut que ta rage enfin soit assouvie,
Appaise dans le mien ta sanguinaire envie!

ORANTE.

O prodige d'amour à nul autre pareil!

SCENE III.

MELISSE, ORANTE, ALEXIS.

ALEXIS.

Qu'est-ce donc que j'entends qui trouble mon sommeil?
Quoy! l'horrible animal qu'avecque soin j'espie
Luy-mesme jusqu'icy me brave et me défie!
Ah! c'est trop m'outrager! Il sentira bien-tost
Si je sçay de son flanc prendre bien le défaut.
Mais depuis quand, Melisse, estes-vous si vaillante
Et le disputez-vous à la fiere Atalante,
Si vous n'estes pourtant une des deïtez
Qui de cette bergere a les traits empruntez?

MELISSE.

Berger, je ne suis point du nombre des déesses.
Hélas! elles n'ont point de semblables tristesses.

ALEXIS.

Ou déesse, ou bergere, il me faut éprouver
Contre l'audacieux qui m'est venu braver.

Je vous veux faire don de sa hure sanglante...
Mais Philene à propos en ce lieu se presente :
Sans doute à la vengeance il voudra prendre part.

SCENE IV.

MELISSE, ORANTE, ALEXIS, PHILENE.

PHILENE.

Du haut de ce costeau j'ay vû le grand hazard
Que vous a fait courir la beste herissée,
Quand elle s'est sur vous avec rage élancée.
Je suis viste accouru vous parer de ses coups,
Soustenir sa fureur ou mourir avec vous.
Mais de ce beau combat apprenez-moy l'issuë.

ALEXIS.

Je dormois quand la beste est tout à coup venuë;
J'estois sur son passage, et sans doute ma mort
Alloit estre le fruit de son premier effort,
Quand d'un bras vigoureux cette nymphe visible
A fait tourner le dos à l'animal terrible.
Mais ne voulez-vous pas que jusques en son fort
Nous le suivions tous deux et luy portions la mort?
J'espere qu'icy près nous pourrons le surprendre;
La piste est toute fraische, allons, sans plus attendre,
Tandis que le soleil est à peine levé,
Et que l'air est encor de rozée abbreuvé.

Nous pourrons repasser par ce mesme boccage
Dans une heure au plus tard, et gagner le village.

PHILENE.

Alexis, j'y consens, et j'ay pris à propos
Entre tous mes espieux aujourd'huy le plus gros.
Adieu, Melisse, adieu. Pour venger vostre offence,
Je quitte avec regret vostre chere presence.
Cet honneur est acquis justement à mon bras,
Et je veux l'obtenir au prix de mon trespas.
Mais, quelque grand que soit le péril que j'embrasse,
Un autre plus fascheux près de vous me menace,
Puisqu'ainsi qu'un veneur armé de traits cruels,
Vous me percez le cœur de mille coups mortels.

MELISSE.

Berger, à tes discours je ne puis rien comprendre.

PHILENE.

C'est que tu ne veux pas, ingrate, les entendre.

MELISSE.

Alexis! Alexis!

ALEXIS.

Qu'est-ce donc qu'elles ont?

MELISSE.

Où courez-vous si viste? et que vous estes prompt!
Avez-vous bien compris qu'ennemi de vous-mesme
Vous vous précipitez en un danger extrême?
Combien dans cette chasse ont péri de chasseurs!
Que ne craignez-vous donc de semblables malheurs?
La beste, qui se voit vivement poursuivie,
Redouble sa fureur, abandonne sa vie,

Brize le fort espieu de sa cruelle dent,
Renverse le chasseur, le deschire et le fend.
Adonis, qu'aima tant une belle déesse,
Qu'elle suivoit partout et caressoit sans cesse;
Ce berger aux yeux bleus, au teint vermeil et frais,
Aux cheveux de pur or, aux souris pleins d'attraits,
Entreprenant jadis une semblable guerre,
Dans les forests de Cypre ensanglanta la terre,
Et fit pour un mortel répandre mille pleurs
A la mere des Ris, des Jeux et des Douceurs.
Que si, pour me venger du sanglier farouche,
Un beau feu vous anime, un beau desir vous touche,
Laissez vivre plûtost qui j'ay sçû repousser,
Pour aller en tous lieux mon renom annoncer.
Quittez donc, Alexis, une entreprise vaine,
Où le péril est seur et l'issuë incertaine.

ALEXIS.

Melisse, cette peur que vous avez pour moy
Monstre qu'en ma valeur vous avez peu de foy.
Il est pourtant des mains moins fortes et moins seures,
Et le sang quelquefois coule de nos blessures.
Adieu, l'occasion se perd en ces discours...
Diane, accorde-nous, de grace, ton secours.

MELISSE.

Mais, Philene, du moins, prenez soin de sa vie;
Taschez à modérer sa témeraire envie.
Ne l'abandonnez point, et sauvez en ce jour
L'espoir de la contrée et sa plus tendre amour.

4.

SCENE V.

MELISSE, ORANTE.

MELISSE.

A combien de frayeurs va-je servir de proye,
Jusqu'à ce qu'en ces lieux mon berger je revoye ?
Je sçay qu'il ne craint rien et que son jeune bras
Affronte les périls et cherche les combats.
Que ne m'est-il permis, sans encourir de blasme,
De le suivre en tous lieux, ce berger qui m'enflamme !
J'irois avecque luy dans les sombres forests,
Sur le haut des rochers, dans les vallons secrets ;
J'apprendrois les sentiers, je sçaurois les passées,
Et courrois comme luy les bestes relancées ;
Je porterois son arc, ses fleches, son carquois ;
Quand il seroit aux mains, je le seconderois ;
J'essuyrois de son front la sueur glorieuse ;
Enfin, de le servir je me tiendrois heureuse.

ORANTE.

Melisse, je vous plains que cet ingrat pasteur
Reconnoisse si mal une si belle ardeur ;
Mais ne craignez-vous point que le jaloux Philene
N'ait tantost découvert vostre amoureuse peine ?
Vous avez témoigné bien de l'empressement
Pour faire qu'Alexis changeast de sentiment :
Un simple avis qu'on donne est moins chaud d'ordinaire,

Et, qu'on l'accepte ou non, on ne s'obstine guére.
Philene, à ce transport, paroissoit interdit,
En changeoit de couleur et crevoit de despit.
Les amans ont des yeux que jamais on n'abuse ;
Ils sçavent distinguer le vrai d'avec la ruse :
Un soûpir, un regard, un mot dit en passant,
Leur sert de conjecture et d'indice puissant.

MELISSE.

Non, Orante, Philene ignore encor ma flamme,
Et, pour avoir tantost vû du trouble en son ame,
Ne croy pas qu'il ait pu concevoir le soupçon
Que mon cœur fust touché pour ce charmant garçon.
« Des amans maltraitez le visage s'altere,
« Selon qu'ils sont émûs d'amour ou de cholere. »
Mais, puisque le soleil, de ses rayons plus droits,
A déja raccourci les ombres de ce bois,
Qu'on entend des oiseaux les fredons agreables,
Orante, allons tirer nos troupeaux des establés.
Le mien depuis longtemps tous les matins décroist,
Il diminuë, helas ! et mon amour s'accroist.
Quand nous aurons donné les ordres nécessaires,
Nous viendrons, si tu veux, sur ces vertes fougeres.
J'attendray mon berger au pied de ce sapin.

ORANTE.

Je vous y rejoindray par un autre chemin.

ACTE II

SCENE PREMIERE.

PHILENE.

Nos soins ont esté vains : la beste deffiante
Par une prompte fuite a trompé nostre
attente ;
Mais, quand elle se fust presentée à souhait,
J'avois trop de chagrin, j'estois trop inquiet,
Pour pouvoir occuper ma triste fantaisie
Qu'à tout ce qui pouvoit nourrir ma jalousie.
Ah ! Melisse, Melisse, à la fin j'ay compris
D'où naissoit ton orgueil et ton cruel mépris !
Tu paroissois de glace, et, selon l'apparence,
Rien n'avoit eu jamais autant d'indifférence.
Un marbre étoit moins froid, plus sensible un rocher,
Et bien plûtost que toy l'on les eust pû toucher.

Tu brusles cependant, et l'ardeur qui t'enflamme
Ne se contient qu'à peine au profond de ton ame.
Un plus heureux berger t'a soûmise à ses lois :
Tu parlois d'estre libre, et tu sers toutefois.
Non, je n'en puis douter, la chose est assurée !
L'ingrate s'est à moy pleinement déclarée,
Quand, avec un discours plein d'amoureux transports,
D'arrester Alexis elle a fait ses efforts.
A-t-elle rien obmis de touchant et de tendre,
Et tout autre que luy n'eust-il pas deu se rendre ?
Mais pouvoit-elle mieux son ardeur exprimer
Que quand son foible bras a sçu pour luy s'armer,
Qu'elle a du sanglier affronté la furie,
Et, pour le préserver, abandonné sa vie ?
Je n'avois pas d'abord remarqué l'action,
Mais j'ay fait sur ce point depuis reflexion :
C'estoit au berger seul, dormant sous le feuïllage,
Que la beste vouloit faire sentir sa rage.
Melisse, par la suite, eust pû se garantir ;
Mais son amour plus fort l'empeschoit de partir.
Alexis, me contant la chose en sa présence,
M'a luy-mesme averti de cette circonstance ;
Et depuis, avec luy en causant dans le bois,
Il m'en a découvert plus que je n'en voulois.
Sexe dissimulé, sexe rempli de ruses,
Appelles-tu vertu lorsque tu nous abuses ?
Mais Alexis est-il avec elle d'accord ?
Conspirent-ils tous deux pour me donner la mort ?
Auroit-il violé nostre amitié si sainte,
Et caché son amour sous une froideur feinte ?

Extremité cruelle, embarras malheureux,
Et de tous les costez également fâcheux !
Amour, conseille-moy... Qu'est-ce que je dois faire ?
Accuser mon ingrate, ou souffrir et me taire ?
Je l'irrite par l'un, l'autre ronge mon sein,
Et dans les deux partis le péril est certain.
Mais Melisse s'approche... Essayons par adresse
D'en tirer s'il se peut l'adveu de sa foiblesse ;
Taschons de la convaincre, et, quand nous aurons sçû...

SCENE II.

PHILENE, MELISSE.

MELISSE.

De la chasse bien-tost vous estes revenu ;
Mais, Philene, Alexis manque ici, ce me semble.
Dites, avez-vous pas esté toûjours ensemble ?
Tout est-il dans la chasse à souhait arrivé ?
Le sanglier est-il mort, ou bien s'il s'est sauvé ?

PHILENE.

Helas !

MELISSE.

Que cet « Helas ! » m'est un sinistre augure,
Et que j'en apprehende une triste aventure !
Philene, parlez donc ; daignez, en peu de mots,
M'expliquer le sujet qui cause vos sanglots.

PHILENE.

Ciel, vous m'estes témoin, et vous, ombreux boccage,
Si mon bras, secondant mon genereux courage,
N'a pas fait des efforts au delà de l'humain
Pour prolonger ses jours et garantir son sein !
Si je n'ay pas tasché d'attirer la tempeste
Et cherché de perir pour épargner sa teste !
Mais, lorsque du destin il a subi les lois,
Je me suis enfoncé dans le plus creux du bois,
Sans sçavoir où j'allois, et moy-mesme j'ignore
Comme quoy dans ces lieux je me retrouve encore.

MELISSE.

Alexis n'est donc plus, et ce berger divin
A veû trancher ses jours presque dans son matin !
Philene, voulez-vous m'accorder tant de grace
Que de ce cher ami me conter la disgrace ?

PHILENE.

A quoy vous serviroit ce lugubre recit ?
Qu'est-ce qu'il vous faut plus ? Vous ay-je pas tout dit ?
Que s'il faut ajouster encor pour vous complaire,
Sçachez que des bergers l'éclatante lumiere,
L'honneur de nos hameaux, des vertus le sejour,
Des bergeres l'ardeur, a fini dans ce jour.

MELISSE.

Je ne suis pas encor satisfaite, Philene...
Contez-moy plus au long cette mort inhumaine :
Inutile secours, foible soulagement,
Et qui seul toutefois peut flatter mon tourment.

PHILENE.

Puisque vous ordonnez à ma triste mémoire
De vous representer cette tragique histoire,
Je vous obeïray, quoy que pourtant mon cœur
A m'en ressouvenir ressente de l'horreur.
Lorsqu'Alexis et moy, d'un dessein temeraire,
Fusmes entrés au bois, malgré vostre prière,
Nous connoissons la voye, et d'un courage esgal
Nous avançons tous deux dans le sentier fatal.
Quand nous avons marché quelque peu sur la trace,
Le sanglier devant nous à l'impourveu se place,
Étincelant des yeux bouffis d'un rouge fier,
Et semblant au combat mesme nous deffier.
Alexis aussi-tost son espieu luy presente,
Luy porte mille coups, le pousse, l'épouvante,
Rencontre le defaut, et, luy perçant le flanc,
Le fait en peu de temps nager tout en son sang.
La beste cependant s'irrite davantage :
La douleur qu'elle sent luy redouble sa rage;
Elle brise l'espieu, le rompt en mille éclats,
Sur le berger se ruë et le renverse à bas.
J'accours incontinent, et du flanc de la laye
Je ne fais qu'une large et spatieuse playe.
Mais, hélas ! je ne puis, avec tous mes efforts,
Luy faire lascher prise et dégager son corps,
Jusqu'à ce que la dent de la beste cruelle
Ait porté dans son cœur une atteinte mortelle.
Elle le laisse ensuitte et meurt auprès de luy,
Me laissant accablé de douleur et d'ennuy.
Voila de mon ami la funeste disgrace,

Que vous avez voulu que je vous racontasse.
                    MELISSE.
Ne vous retenez plus dans le fond de mon cœur,
Trop discret sentiment, respectueuse ardeur !
Esclave de la honte, ainsi que du silence,
Tendresse déguisée avecque violence,
Ne vous contraignez plus, voyez enfin le jour,
Et faites éclatter tout ce que j'eus d'amour !
Puisqu'Alexis n'est plus, n'ayons plus de contraintes.
A quoy nous serviroient les scrupuleuses feintes?
Ne dissimulons plus ! Honneur, permets-le moy,
Si je garday jamais ta plus severe loy.
J'aimay mon Alexis. Ce berger adorable
Soumit à ses appas mon orgueil indomptable;
Il regna dans mon cœur, je bruslay de ses feux,
Et seul de nos bergers il merita mes vœux.
Au milieu toutefois d'une si grande flamme,
Ma bouche luy cela ce que sentoit mon ame;
Il ignora mon mal et ne sceut point l'ardeur
Ni les secrets tourmens dont il estoit l'autheur.
Mais, puisque des destins l'implacable furie
A saoulé par sa mort sa noire barbarie,
Que son ombre du moins et ses manes cheris,
S'ils entendent ma voix, s'ils écoutent mes cris,
Sçachent que le soleil ne vit jamais bergere
Esprise d'une ardeur plus belle et plus sincere.
Mais, aimable Alexis, ne t'imagine pas
Que mon amour finisse avecque ton trespas :
Il survivra ta cendre, et, pur comme fidelle,
Bruslera dans mon cœur d'une flamme éternelle.

Mes yeux, non plus des yeux, mais des sources de pleurs,
Ta tombe arroseront de leurs moittes liqueurs.
J'y respandray des fleurs nouvellement écloses,
Des grenades, des lys, des œillets et des rozes;
J'apprendray ton beau nom aux échos de ce bois,
Et feray qu'ils diront Alexis mille fois.
Voilà quelle sera ma languissante vie,
Jusqu'à ce que la mort, contentant mon envie...
Mais quel est ce phantosme, et qu'est-ce que je voy?
C'est l'ombre d'Alexis qui s'apparoist à moy...
De l'heureux Élisée il a quitté les plaines
Exprès pour nous venir soulager dans nos peines.

SCENE III.

PHILENE, MELISSE, ALEXIS.

MELISSE.

Alexis, est-ce vous?

ALEXIS.

Ne me voyez-vous pas?

MELISSE.

Il est vray, ce sont là vos charmes, vos appas;
C'est vostre mesme espieu que vostre main embrasse,
Et vous avez encor mesme ardeur pour la chasse...
C'est ainsi qu'au delà du rivage oublieux
Chacun pratique encor ce qu'il aima le mieux.

Vous avez bien pû donc, ô berger pitoyable !
Faire tant de chemin pour m'estre secourable !
Vous avez pû quitter les myrthes odorans
Où des bergers constans les manes sont errans !
Je puis revoir encor vostre aimable visage,
Converser avec vous, oüir vostre langage !...

Alexis.

Qu'est-ce qu'elle veut dire, et par quelle raison
Tient-elle ce discours vague et sans liaison ?
Son esprit a perdu son assiette ordinaire.
Philene, apprenez-moy ce qu'a cette bergere.
Mais j'ay tort, et retiens mon desir indiscret :
Ce que font deux amans leur doit estre secret.
Je me retire. Adieu. Dans le hameau, Philene,
Nous parlerons tantost de la chasse prochaine.

SCENE IV.

MELISSE, PHILENE.

Melisse.

Qu'est-il donc devenu ? Beau phantosme, arrestez !
De grace, encor un mot, chere ombre, permettez.
Helas ! il disparoist, et la cruelle Parque
L'oblige à repasser encor un coup la barque.
Mais n'accuse-t-il point peut-estre nostre oubli,
Que nous l'abandonnions sans estre enseveli ?
Son ombre erre peut-estre au deçà du rivage,

Et le vieil nautonnier luy refuse passage.
Conduisez-moy, Philene ; allons couvrir son corps -
Et luy rendre un devoir qui seul touche les morts.

PHILENE.

Vous n'y trouveriez rien pour vous que de funeste.

MELISSE.

De ce qu'on a cheri l'on aime encor le reste.

PHILENE.

Peut-estre à ce spectacle on vous verroit rougir.

MELISSE.

Une honneste amitié ne sçauroit mal agir.

PHILENE.

Vous n'entendez pas bien ce que je vous veux dire.

MELISSE.

L'esprit est abruti dans l'excés du martyre.

PHILENE.

Quoy ! vostre passion vous aveugle si fort
Que vous ne voyez pas qu'Alexis n'est pas mort ?

MELISSE.

N'insultez point, Philene, à ma disgrace extrême...
Mon Alexis est mort ; j'ay vu son ombre blesme,
Et, si je m'en souviens, il m'a dit que dans peu
Nous nous verrions unis d'un agreable nœud.

PHILENE.

Ah ! desabusez-vous de cette erreur grossiere !
Alexis, comme nous, joüit de la lumiere ;
Dans le hameau bien-tost vous le rencontrerez,

Et par vos propres yeux vous vous éclaircirez.

MELISSE.

Mais vous m'avez tantost vous-mesme appris, Philene,
Qu'il avoit à vos yeux expiré sur l'arene.

PHILENE.

Il est vray, je l'ay dit, mais je l'ay fait exprès
Pour sonder de ton cœur les sentimens secrets ;
Je voulois penetrer jusqu'au fond de ton ame
Et tirer de toy-mesme un adveu de ta flamme.
Ah ! je sçay maintenant d'où naissoient tes mespris :
Tu bruslois pour un autre, et ton cœur estoit pris.
Tu me disois pourtant que rien n'estoit capable
D'adoucir cet orgueil, qui sembloit indomptable,
Et que l'amour plûtost vuideroit son carquois
Que jamais ta fierté fust soûmise à ses lois.
Lâche ! tu me trompois et faisois un parjure
Pour mieux dissimuler ton indigne imposture.
Dy-moy, puisque l'amour te pouvoit enflammer,
Qu'est-ce qui t'empeschoit, ingrate, de m'aimer ?
Aima-t-on plus que moy jamais une bergere ?
Honore-t-on les dieux d'un culte plus sincere ?
Quels soins peuvent aux miens s'égaler justement ?
N'ay-je pas des troupeaux que je tonds frequemment ?
Je ne suis point encor difforme, ce me semble,
Si l'onde m'en a fait un portrait qui ressemble.

MELISSE.

Philene, nostre amour ne dépend pas de nous :
Nous prestons nostre cœur, nous recevons les coups ;
Mais l'aveugle destin, que son caprice inspire,

5.

Tient sur nos volontez un tyrannique empire.
Dans le moment fatal que se forment nos corps,
Il y met des instincts, des penchans, des rapports,
Et de nos ascendans la force souveraine
Nous incline à l'amour ou nous porte à la haine.

PHILENE.

Non, tu pretends en vain excuser tes rigueurs
Par ces froides raisons et ces foibles couleurs.
Les dieux, justes et bons, de nos noires malices
Ne sont point les autheurs, non plus que les complices;
Ils ne nous forcent point aux lâches attentats,
Et c'est à nous qu'il tient si nous sommes ingrats.
Est-il rien plus aisé que d'aimer qui nous aime?
Chacun ressent-il pas ce pouvoir en soy-mesme,
Et, quand on nous previent par des instincts puissans,
Qui nous peut empescher d'estre reconnoissans?

MELISSE.

Si l'on est de son cœur facilement le maistre,
Commencez le premier à le faire paroistre;
Monstrez que nostre sort ne dépend que de nous;
Rompez, rompez vos fers, enfin guerissez-vous.
Si l'amour est aisé, plus facile est la haine.
Faites donc quelque effort et rompez vostre chaisne.
A mon tour, j'essairay de recevoir vos vœux;
Mais, pour nous contenter plus aisément tous deux,.
Que ne choisissez-vous quelque bergere aimable,
Qui puisse estre à vos feux plus que moy favorable...
Nerine a les yeux bruns, Æglé le teint de lys;
Diane est complaisante, et douce Amarillis;

Galathée à danser a merveilleuse grace,
Et Cloris à chanter les rossignols surpasse;
Phillis est toute jeune, et dans son beau printemps
Arethuse a des traits encor bien éclatans ;
Sylvie est enjoüée, et la belle Caliste
Ne laisse pas de plaire, encor qu'elle soit triste.
Philene, choisissez; laissez Melisse en paix,
Puisqu'elle ne sçauroit contenter vos souhaits.

PHILENE.

Ah! cœur de diamant, cœur non d'une bergere,
Mais bien d'une tigresse ou de quelque panthere ;
Cœur qui n'as rien d'humain qu'un bel exterieur !
Et qui n'es au dedans que glace et que rigueur !
Non, tu ne fus jamais fille de Thamyrée,
Tu nasquis d'une roche, et fus d'elle engendrée !
Tu tetas une louve, et ce monstre cruel
Se plût à t'allaiter de son poison mortel !
Voyant briller en toy l'espoir de mille charmes,
Il t'apprit le secret de t'en faire des armes,
De surprendre les cœurs, les ames enflammer,
Et nous faire perir en te faisant aimer :
Car enfin, je l'avoüe, au fort de ma furie,
Sans te vouloir toucher d'aucune flatterie,
Ton teint est en blancheur à la neige pareil;
Tes levres du coral effacent le vermeil;
Tes yeux brillent d'un feu plus pur que la lumiere;
Ton air est engageant, tu plais sans vouloir plaire;
Mais tous ces grands appas, ces charmes sans esgaux,
Sont lâchement ternis par de plus grands defauts !

Alors que sous tes lois un pauvre amant se range,
Ta douceur affectée en cruauté se change,
Et tels sont tes mépris que, pour n'en plus souffrir,
On souhaitte en un jour mille fois de mourir.
Rien ne te peut toucher, soûpirs, plaintes, supplices,
Et tu comptes pour rien les soins et les services.
Je n'ay pas le dessein d'exagerer ici
Ce que j'ay fait pour toy, mais je ne puis aussi,
Succombant sous le faix de ta haine implacable,
M'empescher de t'en faire un crayon veritable.
Sans moy, tes deux chevreaux eussent esté perdus,
Si ma main ne les eust promptement deffendus.
Songe combien de nuits et de longues journées
J'ay gardé tes brebis, de loups environnées.
J'ay gravé ta devise en mille arbres divers;
J'ay fait à ton honneur des chansons et des airs;
Aux festes de Palès j'ay soustenu contre elle
Qu'elle avoit moins d'appas et qu'elle estoit moins belle;
Enfin j'ay rebuté pour toy la jeune Iris,
Et n'ay payé ses vœux qu'avecque des mépris,
Quoy que de nos beautez Iris fust la seconde,
Qu'Iris eust des troupeaux, qu'Iris mesme fust blonde.
Je ne te diray point les mortelles douleurs
Que m'ont fait ressentir tes injustes rigueurs :
On compteroit plûtost les libyques arenes,
Les ondes du Penée et les espics des plaines.
Nous avons vû deux fois retourner les hyvers
Depuis le jour fatal que j'entray dans tes fers.
Quel est enfin le fruict de ce long esclavage?
Tu cours après un autre et me quittes, volage!

Mais sçache que les dieux sont trop pleins d'équité
Pour souffrir ce mépris avec impunité,
Et que tu connoistras, possible, par toy-mesme,
Qu'aimer sans estre aimée est un supplice extrême.
Adieu... Je vay chercher un favorable écueil,
Qui desrobe ma vie à ton farouche orgueil,
Ne pouvant obtenir de mon ame rebelle
De te pouvoir haïr ni de t'estre infidelle.

SCENE V.

MELISSE.

Que mon sort est estrange, et que mes tristes maux
En peuvent rencontrer malaisément d'égaux !
Deux tyrans opposez, deux megeres cruelles,
Me donnent à l'envi des atteintes mortelles,
Et d'un costé la haine, et de l'autre l'amour,
Contre moy conspirez, me rongent tour à tour.
Je méprise un berger qui me suit et m'adore,
Je recherche un berger qui me fuit et m'abhorre.
L'indifférent me plaist, et de l'autre l'ardeur,
Au lieu de me toucher, ne fait qu'aigrir mon cœur.
De grace, accordez-les, grands dieux ! s'il est possible :
Que l'un cesse d'aimer, que l'autre soit sensible !
Ou, si j'ay merité ce rude chastiment,
Par une prompte mort finissez mon tourment !

SCENE VI.

MELISSE, ORANTE.

MELISSE.

Que tu viens tard, Orante, et, pendant ton absence,
Qu'un estrange malheur m'a causé de souffrance !

ORANTE.

Le soin de mes troupeaux m'a toujours retenu ;
Mais, Melisse, quel est ce malheur inconnu ?

MELISSE.

Que tu prévoyois bien tantost mon avanture !
Philene a découvert ma secrette blessure
En feignant qu'en la chasse Alexis eust peri ;
Il a vû ma douleur pour ce berger cheri.
Mais, puisque desormais il n'est point de remede
Pour pouvoir déguiser le mal qui me possede,
Orante, oblige-moy, va trouver Alexis ;
Conte-luy mon amour, conte-luy mes soucis,
Porte-luy ce present et luy dis que ma vie,
S'il s'obstine au refus, sera bientost finie.

ORANTE.

Prenez, prenez plûtost vous-mesme cet employ ;
Vous y reüssirez sans doute mieux que moy.
« On n'exprime pas bien une ardeur violente,
« Que le cœur ne sent pas, et dont l'ame est exempte. »

MELISSE.

Espargne ma pudeur en cette occasion :
Une fille ne peut qu'avec confusion
Découvrir la premiere à l'objet qui l'enflamme
Le desordre secret qu'il cause dans son ame.
Va-t'en donc le trouver, ce trop aimable ingrat...
Tu sçais seule son foible et l'endroit delicat
Par où l'on peut toucher son esprit inflexible.

ORANTE.

Je vay donc travailler à le rendre sensible.

MELISSE.

Je te suivray de loin, pour plus viste sçavoir
Si le succès répond à ce flatteur espoir.

ACTE III

SCENE PREMIERE.

ALEXIS, PHILENE.

Alexis.

ELLE n'est plus ici. Pour se rendre au village,
Elle a pris le sentier le plus près du rivage.
Vous voyez, cher ami, s'il m'est rien malaisé
Pour rendre satisfait vostre esprit abusé.
Pleust au Ciel qu'en ce lieu la fortune prospere
Nous eust fait rencontrer vostre ingrate bergere !
Par ma façon d'agir, vous auriez reconnu
Que d'injustes soupçons vous estes prevenu.
Que Melisse pour moy semble des plus atteintes,
Que pour ma fausse mort elle ait fait mille plaintes,
Il m'importe fort peu, puisque de mon costé
J'auray toujours pour elle autant de dureté.
« Qui se laisse amollir aux soûpirs d'une femme

« A bien moins de pitié que de foiblesse en l'ame.
« Le courage consiste à mépriser des pleurs
« Que l'on verse par art pour émouvoir nos cœurs. »
Non, non, ne craignez point que pour cette bergere
Je hazarde un ami qui me tient lieu de frere.
Je vous la quitte toute, et je seray ravi
Quand je verray son cœur sous vos lois asservi.

PHILENE.

Ah ! genereux ami, quelle reconnoissance
Peut à tant de bontez servir de recompense ?
Quelles graces te rendre, et pour un tel bienfait
Quels termes ne sont point au dessous de l'effet ?
Non, non, tous mes soupçons sont allez en fumée ;
Ma raison a repris sa force accoustumée,
Et je voy clairement que mon esprit jaloux
Me faisoit deffier injustement de vous.
Ce que presentement je vous demande en grace
Est que de ce projet la mémoire s'efface,
Et qu'à jamais Melisse ignore qu'en ces lieux
Nous la vinsmes chercher d'un dessein furieux.

ALEXIS.

Déjà vous repentir ! Tout maintenant, Philene,
Vous estiez enragé contre cette inhumaine,
Et, poussé, ce sembloit, d'un despit genereux,
Vous deviez l'accabler de reproches honteux.

PHILENE.

Alexis, de l'amour le pouvoir est estrange :
Un amant mille fois en un moment se change,

6

Et de ses passions l'impetueux reflus
Luy fait parfois haïr ce qu'il aime le plus.
Au fort de sa douleur, aveugle, il s'imagine
Chasser facilement l'objet qui le domine,
Et par le vain secours de sa foible raison
Il croit rompre ses fers et briser sa prison.
Mais, s'il voit seulement les yeux qui le maistrisent,
Ses frivoles projets tout d'un coup se détruisent,
Et de sa lâcheté tel est le repentir
Qu'il redouble ses fers pour n'en jamais sortir.
Adieu... Je vay chercher mon ingrate bergere;
Il me faut efforcer d'adoucir sa cholere.
Contre elle estrangement je me suis emporté,
Quand son amour pour vous a tantost éclaté.
Je crains que cette injure, irritant son courage,
Ne l'ait aigrie encor contre moy davantage.

ALEXIS.

Que ne poursuivez-vous vostre premier projet?

PHILENE.

J'aime jusqu'aux dédains de mon ingrat objet.

ALEXIS.

Joüissez donc en paix d'une douleur si chere.
« On ne plaint point un mal quand il est volontaire. »

PHILENE.

« Les prez veulent des eaux, les abeilles des fleurs;
« La brebis cherche l'herbe, et l'amour vit de pleurs. »

SCENE II.

ALEXIS.

O bien-heureux celuy qui, dès son plus jeune âge,
A pû se garantir de l'amoureux servage,
Et qui n'a point receû dans son cœur ce poison
Qui trouble des mortels la premiere saison ;
Qui ne s'est point laissé surprendre par les charmes
D'un objet suborneur, source de mille allarmes,
Et qui n'a point sôumis au caprice d'autruy
Un bonheur qui ne doit dépendre que de luy !
Il ne sçait ce que c'est que soûpirs et que plaintes ;
Il n'est point agité de soucis et de craintes,
Et des cruels soupçons le redoutable essein
Ne mord point nuit et jour son miserable sein.
Il n'est point en regrets consumé par l'absence ;
Il n'est point de desirs flatté par la présence,
Et n'a jamais connu les souris affectez,
Ni les fausses faveurs, ni les feintes fiertez.
Il gouste les plaisirs où l'âge le convie,
Et voit ainsi couler heureusement sa vie.
Mais qui m'a tant appris des mysteres d'amour ?
Seroit-ce point possible un présage qu'un jour
Ce dieu, vainquant enfin ma longue résistance,
M'en feroit malgré moy faire l'experience ?
Mais ma frayeur est vaine, et les cieux et les flots
Retourneront plûtost dans leur premier chaos.

SCENE III.

ALEXIS, ORANTE.

ORANTE.

Ah! bonjour, Alexis! J'ay bien eu de la peine
A vous pouvoir trouver, et j'en suis hors d'haleine.

ALEXIS.

Que me voulez-vous donc? Dites en peu de mots.

ORANTE.

Laissez-moy me remettre et prendre du repos.

ALEXIS.

Je suis un peu pressé, je ne sçaurois attendre.
Orante, une autre fois je pourray vous entendre.

ORANTE.

Écoutez donc enfin... Je vous cherche en tous lieux
Pour vous faire un present et riche et curieux :
Une escharpe de soye avec la pannetiere,
Le tout relevé d'or d'une artiste maniere.
Prenez, c'est de la part...

ALEXIS.

De qui ?

ORANTE.

Vous l'ignorez ?

ALEXIS.

Oüi, certes, je l'ignore.

ORANTE.

Hé bien! vous le sçaurez
Lorsque vous l'aurez pris. Tenez, voyez l'ouvrage.

ALEXIS.

Je ne voy rien avant qu'en sçavoir davantage.
Dites qui me le donne, Orante, ou je m'en vas.

ORANTE.

Une bergere aimable et brillante d'appas,
Melisse.

ALEXIS.

A moy, Melisse? Eh! qu'est-ce qu'elle espere,
Me faisant ce présent?

ORANTE.

C'est que cette bergere,
Languissante d'amour, mourant sous vostre loy,
Me fait vous apporter ce gage de sa foy.

ALEXIS.

Reportez vos presens, et dites à Melisse
Qu'elle addresse ses dons en pays plus propice.
Mon humeur n'estant pas inconnuë en ces lieux,
Vous deviez toutes deux raisonner un peu mieux.

ORANTE.

Depuis quand les bergers ont-ils tant de rudesses
Pour celles qu'autrefois ils nommoient leurs maistresses?
Les mœurs sont bien changez, puisqu'on voit la beauté
Maintenant estre en proye à la rusticité!

ALEXIS.

Je ne m'informe point de ce qui se pratique;
Mais, s'il faut qu'avec vous librement je m'explique,

Je renonce à l'amour, et je n'accepte rien
De tout ce que l'on m'offre au nom de ce lien.

ORANTE.

Que dis-tu, fol garçon qu'abuze l'ignorance ?
Tu mesprises l'amour, tu braves sa puissance ;
Et, quand de cet amour toy-mesme es le doux fruit,
Tu respectes si peu celuy qui t'a produit !
Ne croy pas m'eschapper, je pretends te confondre ;
Deffends-toy si tu peux et tâche à me respondre,
Ou plustost, concevant un despit genereux,
Repens-toy de ton crime et deviens amoureux.

ALEXIS.

En faveur de l'amour que me pourrois-tu dire ?
Vois-tu pas qu'à l'envi partout on le deschire ?

ORANTE.

Écoute, écoute-moy : c'est tout ce que je veux.
Sans doute, on t'en a fait quelque portrait hideux.
Alexis, il n'est rien qui n'aime en la nature :
Chaque chose en ressent l'agréable blessure,
Et les membres espars de ce grand univers
Ont chacun leur amour et leur penchant divers.
Le Ciel aime la Terre, et d'une ardeur fidelle
Pour la voir, tous les jours il roule à l'entour d'elle,
Sans que, depuis le cours de tant d'ans revolus,
Il ait rien relasché de ses soins assidus.
Ces brillans de la nuit, ces estoilles luisantes,
Sont dans leur amitié si fermes, si constantes,
Qu'elles n'ont point encor, changeant leur premier lieu,
Voulu se joindre à l'Ourse, ou panché vers l'Essieu.

Ces Errans argentez qui font nostre fortune,
Et qui courent sans regle une route commune,
N'ont-ils pas leurs aspects, leurs regards amoureux,
Leurs tendres unions et leurs nœuds si fameux ?
Voy, voy les Elemens : mesme ardeur les travaille,
Et, quoy que bien souvent ils se livrent bataille
Et fassent à nos yeux de terribles fracas,
C'est pour se mieux unir qu'ils forment ces debats.
Ce reflus de la mer, que tout le monde admire,
Est l'effet d'un amour qui souffre et qui desire,
Et ce fleuve qui tasche à surmonter son bord
Veut caresser sa grève et l'estraindre plus fort.
Est-il rien de plus dur qu'une roche hautaine ?
Elle est pourtant sensible à l'amoureuse peine,
Et ne peut écouter les plaintes d'un amant
Qu'elle ne luy reponde et plaigne son tourment.
Le fer plaist à l'amant, et la paille amoureuse
Saute d'un vol leger vers l'ambre pretieuse.
Ce qui nous semble enfin depourveu de tout sens
Se sent forcé d'aimer par des instincts puissans.

ALEXIS.

Orante, vainement ton esprit s'inquiette
Pour monstrer qu'à l'amour toute chose est sujette :
J'aimeray quand les Cieux, les Prez, les Eaux, la Mer,
Concevront des desirs et pourront s'entr'aimer.

ORANTE.

Tu te mocques, berger, et ne te veux pas rendre.
Hé bien ! voy si tu peux encore te deffendre.
Contemple ces forests qui nous ostent le jour :

Sous leur écorce dure elles ont de l'amour ;
La palme tendrement vers la palme s'incline,
Et pour s'approcher d'elle esbranle sa racine ;
Les pins aiment les pins, les ormeaux les ormeaux,
Et pour s'entr'embrasser ils tendent leurs rameaux.
Voy maintenant ces fleurs si fraisches et si belles,
Voy comme le soleil a de l'amour pour elles,
Et par ses chauds regards craint de hasler le teint
Que de mille couleurs il a luy-mesme peint.
A cet illustre amant pas une n'est ingratte,
Et leur zele pour luy publiquement éclatte.
L'œillet, dès le matin, luy monstre ses thresors ;
La rose avec pudeur découvre son beau corps ;
Le lys, presque courbé, leve sa belle teste,
Et l'humble violette à luy plaire s'appreste.
Entre toutes, Clytie a pour luy tant d'amour
Qu'elle le suit sans cesse et fait le mesme tour.

ALEXIS.

Ne finiras-tu point ce discours fantastique
Et de tes visions le ramas chimerique ?

ORANTE.

Tu resistes encor, ô berger obstiné !
Quand des bois et des fleurs tu te vois condamné !
Mais confesse du moins que tout ce qui respire
Reconnoist de l'amour l'inévitable empire,
Et que, par un instinct en naissant imprimé,
Pour un autre soy-mesme il se sent enflammé.
N'as-tu point remarqué, dans la saison des roses,
Qu'une douce chaleur anime toutes choses ?

D'une jeune brebis un belier amoureux
Par mille beslemens luy témoigner ses feux?
Un chevreau soûpirer d'une voix tremblotante,
Et mugir un taureau d'une voix effrayante?
Tout cela n'est qu'amour, et ces puissans efforts
Sont les effets du dieu qui se meut dans leurs corps.
Ce cheval indompté qui bondit et qui ruë,
Et qui ne connoist point le joug ni la charruë,
Il est déja sensible aux amoureux plaisirs,
Et va chercher bien loin l'objet de ses desirs.
Entre dans tes forests et tes retraittes noires :
L'amour jusqu'en ces lieux va porter ses victoires.
Ce tyran Neméen autheur de mille maux,
Ce lion furieux, l'horreur des animaux,
Il aime toutefois, et luy-mesme s'estonne
Que sa fureur se calme auprès de sa lionne.
Ce loup fin et rusé, que travaille la faim ;
Ce renard deffiant, ce sanglier inhumain,
Ce tigre parsemé, cet elephant enorme,
Ce leopard cruel, cet ours laid et difforme,
Cette biche et ce cerf que l'on entend bramer,
Se laissent adoucir par le plaisir d'aimer.
Les poissons dans les eaux, sous leurs écailles dures,
Ressentent de l'amour les secrettes blessures,
Et ces dauphins qu'on voit se joüer sur les flots
Nous monstrent que l'amour les rend ainsi dispos.
Avec moy, maintenant, vien dans ce vert boccage
Entendre des oiseaux l'agreable ramage.
Ils chantent les plaisirs que leur donne l'amour,
Et commencent par là, par là ferment le jour.

Ce charmant rossignol, qui d'arbre en arbre vole,
Et qui fait cent fredons sans art et sans échole.
« J'aime, j'aime, dit-il, et mes plus doux accens
Sont les heureux effets de l'amour que je sens. »
Entends les sons plaintifs de cette tourterelle :
Elle plaint de son pair l'infortune cruelle,
Et dans le triste estat de sa viduité
Regrette le plaisir qu'elle a jadis gousté.
Ce cygne au blanc plumage, à qui la mort prochaine
Fait pousser de doux chants et renforce l'haleine ;
Ce paon superbe et vain de ses belles couleurs,
Qui ternissent l'esclat des plus brillantes fleurs,
Tous deux ont de l'amour, et tous deux dans leurs veines
Ressentent de ce feu les atteintes soudaines.
Aime donc, Alexis, puisque le mesme jour
Qui nous a donné l'estre a causé nostre amour.

ALEXIS.

Prens pour m'assujettir des raisons plus solides
Que ce que l'on voit faire aux animaux stupides.

ORANTE.

Pauvre insensé qui croit qu'en un mesme sejour
Ne peuvent compatir la raison et l'amour !
Qui sçait mieux que les dieux ses regles plus severes,
Ses obligations, ses maximes austeres ?
Leur amour cependant éclatte en tant de lieux
Qu'il est autant connû dans la terre qu'aux cieux.
Jupiter, le plus grand de la troupe divine,
Ressent de cette ardeur échauffer sa poitrine,
Et, pour mieux reüssir en ses larcins secrets,

Il cache son tonnerre et l'éclat de ses traits.
Tantost en un beau cygne on voit qu'il se transforme
Pour surprendre une nymphe assise au pied d'un orme,
Tantost en gouttes d'or on le voit distiller
Pour dans un noir cachot aisément se couler.
Qui ne sçait pas comment fut Europe abusée,
Quand, pressant d'un taureau la croupe déguisée,
Elle fendit les flots sans voiles, sans timon,
Vint surgir en nos ports et nous laissa son nom.
Apollon a jadis esprouvé que son ame
N'estoit point invincible aux traits de cette flamme,
Et, quoy que tous les maux cedent à son pouvoir,
Pour luy-mesme il n'a sceu s'aider de son sçavoir.
Daphné l'a fait souvent errer sur cette rive
Et suivre sans espoir sa belle fugitive.
Enfin ce dieu si fier qui preside aux combats
S'adoucit pour Vénus et met les armes bas.
Rends-toi donc, Alexis, et ne sois pas plus sage
Que les dieux, dont tu n'es qu'une imparfaite image.

ALEXIS.

Orante, il ne faut pas si fort nous aveugler
Que toujours sur les dieux pretendre nous regler.
Ce qui leur est permis ne nous l'est pas de mesme :
Nous servons, et leur front porte le diadême.
Estant nos souverains et les autheurs des loix,
Ils s'en peuvent aussi dispenser quelquesfois ;
Et puis de leur amour la nature est bien autre,
Et n'a rien que le nom qui soit semblable au nostre.
Le leur est clair et beau, sans trouble, sans dégousts,
Le nostre est inquiet, furieux et jaloux.

Ce qui fait leurs plaisirs fait ici-bas nos crimes,
Et le ciel et la terre ont diverses maximes.

ORANTE.

Si tu ne te rends pas à l'exemple des dieux,
Laisse-toy donc convaincre aux heros glorieux.
En est-il de si fier qui n'ait posé les armes,
Quand contre luy l'amour a desployé ses charmes?
Hercule, si fameux par ses travaux divers,
Qui de monstres cruels affranchit l'univers,
Et, couvert de la peau d'un lion de Libye,
Parcourut et l'Europe, et l'Afrique, et l'Asie;
Luy qui du ciel tombant le fardeau supporta,
Et sur les derniers bords ses Colomnes planta;
Ce fils de Jupiter, tout généreux, tout brave,
Prit les chaisnes d'Omphale et se fit son esclave,
Et, pour luy ressembler, par un employ nouveau,
Il quitta la massuë et tourna le fuseau.
Thesée aima de mesme, et son amour bizarre
Luy fit passer le Styx et le sombre Tenare.
Pirithois le suivit, et la Reine des morts
Ne resista qu'à peine à leurs hardis efforts.
Es-tu plus grand qu'Achille? as-tu l'ame plus forte?
Admire cependant jusqu'où l'amour le porte!
Il aime sa captive, et ce cœur indompté,
Quand il a tout soumis, se trouve surmonté.
La seule Briseïs est le prix de ses peines,
Et seule luy tient lieu des dépouilles troyennes.
Ce chantre thracien, qui par ses doux fredons
Esbransla les forests et fit mouvoir les monts,

Sentit brusler son cœur de l'amoureuse flamme,
Et vint jusqu'aux enfers redemander sa femme.
Doncques, puisque tout cede à l'amoureux souci,
Aimons, aimons, berger, et luy cedons aussi.

ALEXIS.

Ce que de ces heros ta bouche me raconte
Est ce qui les ternit et ce qui fait leur honte.
Hercule au rang des dieux ne fust jamais monté
S'il eust esté toujours près d'Omphale arresté.

ORANTE.

N'aime donc point, brutal, et te prives toy-mesme
Des plaisirs innocens qu'on ressent quand on aime.

ALEXIS.

Quels plaisirs a l'amour qu'on puisse comparer
Aux supplices cruels qu'il nous fait endurer?
Voit-on pas les amans soûpirer et se plaindre?
Estre blesmes, chagrins, et presque toujours craindre?
N'estre jamais contens et maudire le jour
Que leur cœur s'est laissé surprendre par l'amour?

ORANTE.

Tu changerois bien-tost tes noires calomnies
Si tu connoissois mieux les douceurs infinies,
Les delices, la joye et les plaisirs charmans
Que l'amour fait gouster aux fidelles amans.
De l'objet qu'on cherit un regard favorable,
Un soûpir languissant, un souris agreable,
Un entretien secret, un service accepté,
Valent tout le plaisir qui peut estre gousté.
Je ne te dirai point quelle est de l'hymenée

L'entiere liberté, l'estrainte fortunée ;
Pense-la si tu peux, et songe comme alors
L'union est parfaite, et d'esprit et de corps !
Combien de pasmoisons, d'extases, de foiblesses,
De doux embrassemens et de tendres caresses !
En cet estat plaisant que les momens sont courts !
Berger, pour estre heureux, il faut aimer toujours.

ALEXIS.

Orante, qui vous a revelé ces mysteres,
Que doivent ignorer les modestes bergeres ?

ORANTE.

Trop curieux berger, pourquoy vien-tu r'ouvrir
Une vieille douleur que le temps deut guérir ?
Sçache donc qu'autrefois je suivis ta maniere,
Que, comme toy, je fus impitoyable et fiere,
Et qu'un jeune berger m'ayant offert ses vœux,
J'affectay tes mespris et ton air dédaigneux.
Helas ! il m'en souvient, ah ! cruelle journée !
Lorsque mon Corydon, sur le bord du Penée,
Se jettant à mes pieds, me pressa doucement
De vouloir consentir qu'il m'aimast seulement.
Quoy qu'en secret pour luy mon ame fust atteinte,
Je voulus jusqu'au bout pousser exprès la feinte.
« Non, non, n'espere point, reponds-je avec aigreur,
Que j'accepte jamais le present de ton cœur. »
Je m'enfuis aussi-tost, et, lorsque je m'arreste,
Je voy pancher son corps et s'abbaisser sa teste.
Je reviens sur mes pas, et, d'un lugubre ton :
« Arreste, luy criay-je, arreste, Corydon ! »

Mais il est sous les flots, et ma pitié tardive
Ne le rencontre plus quand je suis sur la rive.
Combien, depuis ce jour, ay-je versé de pleurs !
Combien ay-je accusé mes injustes rigueurs !
Combien, me promenant près ce mesme boccage,
Me suis-je rappellé son air et son langage !
Il m'a dit mille fois ce qu'ici je te dis ;
Mais il le disoit mieux : il m'aimoit, Alexis !
Quelquefois, dans le fort de sa douleur mortelle :
« Orante, ajoustoit-il, vous estes jeune et belle,
Vous avez mille attraits, vous avez mille appas ;
Mais, Orante, après tout, ne vous y fiez pas :
Les lys sont grands et beaux, les rozes sont divines,
Et cependant tous deux sechent sur leurs racines.
De mesme, la beauté ne dure qu'un matin ;
Elle est fleur, et des fleurs elle suit le destin. »
Ainsi, pour estre beau, n'en sois pas plus sauvage :
La fierté ne sied pas aux bergers de ton âge.
Laisse donc tes forests, et te rends à l'amour.
Le temps passe, Alexis, et n'a point de retour.

ALEXIS.

Adieu, qu'en son erreur chacun de nous demeure.
Vous, si l'amour vous plaist, aimez, à la bonne heure.

SCENE IV.

ORANTE.

Va, cruel, va, barbare, entre en ces bois prochains,
Et ne reviens jamais frequenter les humains !
Helas ! que vais-je dire à la pauvre Melisse ?
Je crains qu'à ce recit sa douleur ne s'aigrisse.
Cachons-luy la moitié de ce... Mais la voici.

SCENE V.

ORANTE, MELISSE.

MELISSE.

Hé bien ! as-tu trouvé ce berger endurci ?

ORANTE.

Il ne fait que partir, et nous sortons d'ensemble.
Je m'estonne comment...

MELISSE.

Ah ! chere sœur, je tremble.
S'est-il à tes raisons laissé persuader ?

ORANTE.

Il s'obstine toujours et ne veut point ceder.

MELISSE.

A-t-il pris mon présent ?

ORANTE.

Non, je vous le rapporte.

MELISSE.

Avecque moy, l'ingrat, agir de cette sorte !
Hé bien ! puisqu'il persiste à nous haïr toujours,
La mort seule nous peut accorder du secours.
Adieu, sombres forests ; adieu, charmant boccage ;
Adieu, ruisseau d'argent ; adieu, plaisant rivage,
Lieux que j'ay tant de fois arrosez de mes pleurs,
Lieux à qui tant de fois j'ay conté mes douleurs,
Confidens de mes feux, témoins de mon martyre !
Je ne l'ay dit qu'à vous, bois, fontaines, zephyre,
Et c'est vous seuls aussi qui sçaurez qu'Alexis
Me cause le trépas par ses cruels mépris.
Ne luy parlez donc point de son ingratitude.
S'il addresse ses pas par vostre solitude,
Prestez-luy vostre ombrage, offrez-luy vostre frais,
Mais ne l'accablez point d'outrages indiscrets.

ORANTE.

Melisse, moderez l'ardeur qui vous possede.

MELISSE.

Dans les extrémes maux, la mort est un remede.

SCENE VI.

MELISSE, ORANTE, TIRCIS.

ORANTE.

Tircis, que cherchez-vous?

TIRCIS.

Je m'estois esgaré,
Mais je suis maintenant du chemin assuré.

ORANTE.

N'estiez-vous pas allé pour consulter l'oracle?

TIRCIS.

J'en reviens.

ORANTE.

Les grands dieux sans doute ont fait miracle...

TIRCIS.

Je suis un peu pressé, je ne puis m'arrester.
Venez dans le hameau, vous pourrez l'écouter.

SCENE VII.

MELISSE, ORANTE.

ORANTE.

Melisse, allons des dieux entendre la réponse.

MELISSE.

Tout m'est indifferent, Orante; j'y renonce.

ORANTE.

Venez, le cœur me dit que vous rencontrerez,
Dans l'oracle des dieux, plus que vous n'esperez.

MELISSE.

Je ne veux que la mort : c'est le bien où j'aspire.

ORANTE.

Ne determinez rien et vous laissez conduire.

ACTE IV

SCENE PREMIERE.

ALCANDRE, TIRCIS, DAMON, ALEXIS, PHILENE,
Troupe de bergers et bergeres.

ALCANDRE.

C'EST en des lieux secrets, et du bruit écartez,
Que les divins arrests doivent estre écoutez :
Les dieux, en l'âge d'or, dans les champs ha-
    biterent,
Se plûrent aux forests et les bois frequenterent ;
Apollon fut berger, et près des claires eaux
Il porta la houlette et mena les troupeaux.
Depuis, pour accomplir leurs sublimes mysteres,
Ils ont souvent choisi les forests solitaires.
Dodone en est témoin, dont il n'est aux mortels
D'oracle moins obscur que ses bois immortels.

Dites-nous donc, Tircis, qu'a respondu l'oracle ?
Quelque crime à nostre heur formeroit-il obstacle ?

TIRCIS.

Par vostre ordre, Seigneur, au temple estant rendu,
Voici ce qu'a l'oracle à ma voix répondu :

ORACLE.

N'esperez point, bergers, que la peste finisse
Qu'un insensible cœur ne brusle en sacrifice.
Vous aurez lors l'Amour favorable à vos vœux,
Et verrez vos troupeaux plus gras et plus nombreux.

(*Il relit l'oracle.*)

ALCANDRE.

On n'entend pas d'abord les responses celestes,
Et c'est en meditant qu'elles sont manifestes.
Comprenez-vous, Damon, ce que l'oracle enjoint ?

DAMON.

Il me paroist obscur, et je ne l'entends point.

ALCANDRE.

Et vous, Tircis ?

TIRCIS.

Pour moy, je croy le mieux comprendre.
Quelque cœur veut ici de l'Amour se deffendre :
Les dieux, pour expier un crime si honteux,
Qui choque leur pouvoir et rejallit sur eux,
Veulent que par un prompt et juste sacrifice
Sur un ardent bucher le coupable on punisse.

ALCANDRE.

Quoy! seroit-il bien vray qu'une si folle erreur
Eust de quelque bergere empoisonné le cœur,
Qu'elle se deffendist d'une honneste tendresse
Et tirast vanité de sa propre foiblesse?
Ah! s'il s'en peut trouver, il est juste, grands dieux!
Qu'on venge par sa mort ce dessein furieux.
Ce n'est pas d'aujourd'huy qu'on a puni ce crime;
L'histoire en a rendu la peine legitime,
Et les fleurs des jardins, et les arbres des bois,
Sont les restes honteux des fieres d'autrefois.
En effet, c'est aux dieux faire une insigne injure
Qu'estouffer un instinct qu'imprime la nature;
Et qui soustrait son cœur à ce charme si doux
Rompt les liens sacrez qui nous unissent tous.
Nommez-nous donc, Tircis, la bergere arrogante
Qui détruit nos troupeaux et trompe nostre attente.

TIRCIS.

Seigneur, je ne sçay point de bergere en ces lieux
A qui soit imputé ce forfait odieux,
Mais plustost un berger dont l'aveugle insolence
Fait la guerre à l'Amour et brave sa puissance.

ALCANDRE.

Quel est cet insensé? Nommez-le-nous, Tircis.

TIRCIS.

Le voilà devant vous.

ALCANDRE.

Qui donc?

TIRCIS.

C'est Alexis.

ALCANDRE.

Dieux! qu'est-ce que j'entends! Seroit-il bien possible
Qu'Alexis eust un cœur à l'amour insensible,
Et qu'avec des appas qui peuvent tout charmer
Il voulust ignorer le doux plaisir d'aimer?
Parlez donc, Alexis; répondez quelque chose
Pour vous justifier de ce qu'on vous impose;
Mais ne déguisez rien, et songez que les dieux
Esclairent nos pensers du plus haut de leurs cieux.

ALEXIS.

Je ne me deffends point, Alcandre, d'un tel crime,
Quoy que le Ciel s'irrite et contre moy s'anime.
J'ay méprisé l'Amour, émoussé tous ses traits,
Et cheri plus que luy la chasse et les forests.
Je suis ce monstre affreux qui seul en la nature
Cache un cœur de rocher sous l'humaine figure,
Et qui, plus furieux que nos premiers Titans,
M'efforce à deserter l'univers d'habitans.
Puisque je reconnois ma criminelle audace,
Punissez-moy, Seigneur, je le demande en grace;
Je beniray mon sort et mourray consolé
Si ma mort peut sauver mon païs desolé.

ALCANDRE.

Ce courage, Alexis, que vous faites paroistre,
Ne fait point honte au sang dont le Ciel vous fit naistre,
Et respond noblement à l'infaillible espoir
Que vos jeunes vertus nous faisoient concevoir.

Que si par nos souhaits les fières destinées
Consentoient à regler le cours de vos années,
Vous auriez, Alexis, des siècles de Nestor,
Et vos jours ne seroient filez que de pur or;
Mais, puisqu'enfin le Ciel nous demande une hostie,
Et que pour l'appaiser il luy faut vostre vie,
Ne perdons point de temps, et dans ce mesme lieu
Achevons promptement ce qu'a prescrit le dieu.
Vous, Damon, ayez soin de l'appareil funeste :
Que le bucher soit prest, les torches, et le reste.

SCENE II.

ALCANDRE, TIRCIS, DAMON, ALEXIS, PHILENE, MELISSE, ORANTE, TROUPE DE BERGERS ET BERGERES.

MELISSE.

Orante, monstrons-nous... Il me faut aujourd'huy
Ou sauver mon berger, ou mourir avec luy.
Ah! Damon, arrestez! Seigneur, que je vous puisse
Dire un mot seulement!

ALCANDRE.

Depeschez donc, Melisse.

MELISSE.

Seigneur, ce fol berger, qui d'un aveugle erreur,
D'un mal qu'il n'a point fait, se confesse l'autheur,

N'est point assurément demandé par l'oracle
Pour servir en ce lieu de tragique spectacle.
Les dieux ne voudroient pas, à moins qu'estre cruels,
Du sang d'un innocent arroser leurs autels.
Ayant versé sur luy mille dons magnifiques,
Dans son ame inspiré des vertus héroïques,
Enrichi son esprit de pretieux thresors,
Et d'attraits nompareils embelli tout son corps,
Voudroient-ils, possedez d'une jalouse rage,
Destruire sans sujet leur plus parfait ouvrage ?
Est-ce un crime si grand que de leur ressembler,
Et pour estre divin en doit-on plus trembler ?
Non, non, ce n'est point luy dont l'humeur trop severe
A sur nous attiré la celeste cholere.
Si de quelque bergere il a causé l'ennuy,
Helas ! c'est qu'il n'est rien qui soit digne de luy ;
Il l'a pû mépriser sans commettre de crime :
L'Amour n'a point sur luy de pouvoir legitime.
Qu'on ne l'accuse point d'avoir aimé les bois :
Pâris, le beau Pâris, s'y plaisoit autrefois.
Non, Seigneur, ce n'est point au prix de cette vie
Que doit estre achepté l'heur de la Thessalie.
Si nous avions commis un si noir attentat,
Le soleil ne luiroit jamais sur ce climat !

ALCANDRE.

Si ce n'est Alexis que l'oracle demande,
Duquel de nos bergers voulez-vous qu'il s'entende ?

MELISSE.

Alcandre, ce n'est point par la mort d'un berger

8

Que nos tristes malheurs se doivent soulager,
Mais par le chastiment d'une ingratte bergere
Que les dieux ne sçauroient regarder qu'en cholere.

ALCANDRE.

Nommez-la nous?

MELISSE.

C'est moy.

ALCANDRE.

Dieux ! pourquoy voulez-vous,
Melisse, avoir du Ciel attiré le courroux?

MELISSE.

Alcandre, écoutez-moy... Ce n'est point par caprice,
Par vain desir de gloire ou par quelque artifice
Que je vous viens ici hautement découvrir
D'où naissent les malheurs que l'on nous voit souffrir;
Mais un remords secret, qui sans cesse me ronge,
Veut que la verité triomphe du mensonge,
Et ne peut consentir qu'un innocent berger
Prodigue son beau sang pour un crime estranger.
C'est moy, c'est moy, Seigneur, dont l'insolente audace,
Pour rester impunie, a fait nostre disgrace...
J'ay tué nos troupeaux, et moy seule ay semé,
Pour les faire perir, un suc envenimé.

ALCANDRE.

Melisse, expliquez-vous, s'il se peut, davantage :
Je ne puis rien comprendre à tout vostre langage.

MELISSE.

Seigneur, j'ay méprisé l'amour respectueux

D'un fidelle berger autant que vertueux;
Je n'ay payé ses soins, sa constance et sa peine
Que du lâche loyer de mépris et de haine;
J'ay fui de le trouver, et, lorsque le hazard
A voulu quelquefois qu'il m'ait jointe à l'escart,
Qu'il m'ait entretenu de sa dure souffrance,
Et qu'il m'ait assuré de sa perseverance :
« Va, berger, ay-je dit, va conter ton amour
Aux ruisseaux, aux forests, aux rochers d'alentour;
Laisse-moy, je ne puis t'écouter davantage,
Et n'espere jamais que ton feu je soulage.
Lorsque je t'aimeray, l'on verra les ruisseaux
Remonter à leur source et nager les oiseaux. »
Quoy que, par ces discours si remplis d'arrogance,
Il deust se revolter selon toute apparence,
Contre moy s'emporter et reprendre son cœur,
Il n'a pourtant jamais rallenti son ardeur;
Il m'a dit seulement, après un long silence,
Qu'il auroit plus d'amour que moy d'indifference.
Voilà de nos malheurs le principe assuré,
Voilà ce qui des dieux a la haine attiré,
Et c'est moy seule aussi que l'oracle demande,
Et dont vous luy devez faire une prompte offrande.
Que si, pour vous convaincre, il est encor besoin
D'une preuve plus forte ou de quelque témoin,
Philene est là present, vous l'en devez bien croire...
Tout ce que je vous dis est nostre pure histoire.

ALCANDRE.

Voici qui m'embarasse, et mon esprit confus
Ne voit de tous costez que sentiers ambigus.

Mais ce que dit Melisse, est-ce chose asseurée?

ALEXIS.

DAMON.

Elle est publique et n'est de personne ignorée.

ALCANDRE.

Qui donc choisir des deux? Tous deux sont criminels,
Et cependant un seul suffit à nos autels.

ALEXIS.

Melisse, à quel dessein de fureur emportée,
Venez-vous traverser une chose arrestée?
Vous croyez vainement nous éblouïr les yeux,
Et suivant vostre gré faire parler les dieux.
Non, non, desistez-vous de le vouloir pretendre.
L'oracle de moy seul peut justement s'entendre,
Puisqu'on n'en peut trouver un autre dont le cœur
Ait esté moins sensible à l'amoureuse ardeur.
J'expose librement ma vie à la censure.
Ai-je eu quelque penchant? ai-je eu quelque blessure?
Mais, Melisse, pour vous il n'en est pas ainsi,
Et, quoy qu'avec regret je vous le dise ici,
Vostre cœur à l'amour ne fut pas si rebelle
Qu'il n'en ait ressenti du moins quelque estincelle.
Orante...

MELISSE.

Ingrat, poursui! Dis mesme, si tu veux,
Que je porte tes fers, que tu causes mes feux...
Tu n'en obtiendras rien, puisque toujours mon cœur
Pour un fidelle amant n'eut que haine et rigueur.

ALEXIS.

Puisque vous avoüez, Melisse, qu'en vostre ame

Un berger a du moins fait naistre quelque flamme,
Accordez, s'il se peut, ces deux differens points,
De n'estre point sensible et d'aimer neantmoins.

MELISSE.

De me persuader vainement tu t'efforces...
J'apperçoi ton adresse et connois tes amorces.
Ne jette point ici, pour nous embarrasser,
Des soupçons que l'on peut aisément renverser.
Je te le dis, berger, la réponse divine
Ne te peut convenir, pour peu qu'on l'examine...
Si tu n'as point connu ce que c'estoit qu'aimer,
De l'avoir méprisé l'on ne te peut blasmer.
Il ne s'est jamais veû que contre l'ignorance
Les loix ayent armé leur severe vengeance,
Et ce que nous faisons par quelque erreur surpris
Ne craint de chastiment que d'en estre repris.
Les dieux, qui sont du droit la source originelle,
Voudroient-ils violer cette loy solennelle?
Pour moy, qui, connoissant combien le sort est doux
Alors que nous aimons ce qui n'aime que nous,
Ay fui qui m'adoroit, et, par un sort bizarre,
Suivi qui me fuyoit et qui m'estoit barbare,
Je dois seule esprouver, par un juste trespas,
Les plus cruels tourmens ordonnez aux ingrats.

ALEXIS.

Le Ciel ne fut jamais aux amantes contraire.

MELISSE.

Les dieux ne veulent pas qu'une ingratte prospere.

8.

ALEXIS.

Ils ne sçauroient punir un cœur rempli d'amour.

MELISSE.

Qui hait ce qui l'adore est indigne du jour.

ALEXIS.

Qui connoist son defaut facilement se change.

MELISSE.

Quand un crime est commis, il faut que l'on le venge.

ALEXIS.

Philene assurément vous le pardonnera.

MELISSE.

Les dieux ne suivront pas ce qu'il souhaittera.

ALEXIS.

Pourquoy m'enviez-vous cette bonne fortune?

MELISSE.

Je suis lasse de vivre, et le jour m'importune.

ALEXIS.

Laissez plûtost perir qui cause vostre ennuy.

MELISSE.

Qu'importe de mourir après ou devant luy?

ALEXIS.

D'un amour méprisé juste et secret reproche,
Pourquoy m'ébranslez-vous lorsque ma mort est proche?

ALCANDRE.

Quel des deux partis prendre, et par quel art trouver
Celuy que veut le Ciel ou punir ou sauver?

N'avez-vous point, Damon, quelque advis salutaire?

DAMON.

Jamais, à mon esgard, chose ne fut moins claire.

ALCANDRE.

Et vous, Tircis?... Souvent vos conseils sont heureux.

TIRCIS.

Conviez ces bergers à s'accorder entr'eux.
S'ils ont pour leur patrie une amitié sincere,
Leurs debats finiront sans autre ministere,
Et, voyant qu'en leurs mains on met nostre destin,
Sans doute ils changeront ce procedé mutin.

ALCANDRE.

Ce remede est aisé, tentons-le avant tout autre,
Et, s'il ne reüssit, nous employrons le nostre.
Essayez, mes enfans, d'estouffer le discord
Qui retarde l'effet que nous promet le sort.
Puisque l'oracle enfin ne veut qu'une victime,
Qu'à l'autre l'un de vous cede l'honneur du crime,
Et reciproquement se prive du plaisir
Que son ame abusée imagine à mourir.
La mort vient assez tost sans que l'on la previenne :
Vers elle malgré nous chaque jour nous emmeine,
Et tout ce grand debat qui nous tient suspendus
N'est que pour un moment ou de moins, ou de plus.
Qui veut donc de vous deux consentir à la vie?
Quoy! pas un ne respond? O l'estrange manie!
Hé bien! qui veut mourir?

MELISSE.

C'est moy.

ALEXIS.

C'est moy.

ALCANDRE.

Tous deux
Respondent maintenant, mais toujours mesmes vœux.
Puisque de nos esprits la debile estenduë
Dans ce dedale obscur ne peut trouver d'issuë,
Allons prier les dieux au temple du hameau ;
Relizons-y l'oracle, oyons-le de nouveau.
Peut-estre qu'en un lieu destiné pour leur culte,
Interdit au profane, esloigné du tumulte,
Par un second oracle ils s'interpreteront,
Et de ces deux bergers l'innocent monstreront.
Damon, Tircis, suivez... Qu'Alexis et Melisse
Demeurent en ce lieu jusques au sacrifice.

SCENE III.

ALEXIS, MELISSE, PHILENE, ORANTE.

ALEXIS.

Qu'est-ce donc que je sens ? quelle douce langueur
S'insinuë en mon ame et se glisse en mon cœur ?
D'où vient que mes regards sur Melisse s'attachent,
Et qu'avecque regret de sur elle ils s'arrachent ?
Est-ce amour ?...Mais, sans trop nous vouloir enquerir,
Taschons à l'empescher, s'il se peut, de mourir.

Pourquoy, belle Melisse, au printemps de vostre âge,
Courez-vous au trespas, d'un aveugle courage?
Pourquoy prodiguez-vous des jours si precieux?
Que vous a fait Tempé pour vous estre odieux?
Conservez, conservez l'assemblage admirable
De tout ce qui peut rendre une mortelle aimable;
Conservez ces beaux yeux, la honte du soleil;
Conservez ce beau teint, à la neige pareil;
Conservez cette taille et ce port de deesse,
Ces levres de coral et cette belle tresse,
Et mille et mille attraits qui pourroient faire aux dieux,
Pour vous venir servir, quitter encor les cieux.
Songez à la douleur qu'auroit la Thessalie,
Voyant si tristement s'éteindre vostre vie,
Avant que Proserpine eust dans vos beaux cheveux
Mis le cizeau fatal et separé vos nœuds.
Les bois, les prez, les eaux, les échos, les fontaines,
Les rochers, les vallons, les montagnes, les plaines,
Les jardins, les vergers, les fleurs, les arbrisseaux,
Les moissons, les guerets, les bergers, les troupeaux,
Se couvrant à l'envi d'une noire parure,
Pleureroient à jamais vostre triste aventure.

MELISSE.

Que me viens-tu conter, insensible berger?
Ma mort est resoluë, et je ne puis changer;
Ma trame est achevée, et je sens que la Parque
Me fait signe du doigt pour entrer dans la barque.
Ne me conjure point d'éviter le trespas,
Au nom de mes attraits, au nom de mes appas...
N'ayant pû te toucher de la moindre tendresse,

Ils ont trop découvert ma honte et leur foiblesse,
Et doivent expier, par un prompt chatiment,
Le crime de t'avoir entrepris vainement,
Ne dy point que ma mort de deüil sera suivie...
Le foible reconfort quand on n'est plus en vie!
Tout m'est indifferent, et tes pleurs seulement
Me peuvent apporter quelque soulagement.
Promets-moy donc, berger, que par fois ta memoire
Te representera ma pitoyable histoire,
Et que de mes malheurs le triste souvenir
Tirera de ton cœur quelque leger soûpir.
Pour moy, quand de mon corps mon ame separée
Aura de l'Acheron passé l'onde ensouffrée,
J'auray toujours pour toy mesme ardeur, mesme amour,
Et ne changeray point pour changer de sejour.

ALEXIS.

Ce dernier trait m'acheve, et je sens que mon ame
Oppose en vain sa glace au beau feu qui l'enflamme...
Vous triomphez, Melisse; Alexis prend vos fers
Et venge vos appas des torts qu'ils ont soufferts.
Vous regnez dans son cœur; il vous y rend hommage,
Et jure à vos beautez un éternel servage.

PHILENE.

Qu'entends-je?

ALEXIS.

     Recevez le present de ses vœux,
Et tâchez d'oublier un passé malheureux.

MELISSE.

Ah! ne te moque point, berger, d'une bergere

Qui n'eut jamais pour toy qu'une amitié sincere,
Et qui, malgré l'état où la met ta rigueur,
Conserve encor pour toy tout ce qu'elle eut d'ardeur.
Quelle gloire auras-tu de m'avoir abusée?
Que te reviendra-t-il d'une amour déguisée?
Si près du monument, si proche du trépas,
Ne fein point de m'aimer si tu ne m'aimes pas.
Que ta bouche et ton cœur accordent tes paroles,
Et, sans m'entretenir d'esperances frivoles,
Ne vien point m'accabler de ce second ennuy
Qu'un berger m'ait trompée allant mourir pour luy.

ALEXIS.

Ne me soupçonnez point, Melisse, d'un tel crime :
Mon cœur, mon cœur ressent ce que ma bouche exprime,
Et plust au Ciel qu'il fust ouvert à vos regards !
Vous le verriez, ce cœur, percé de toutes parts ;
Vous y verriez vos traits et la vivante image
Du chef-d'œuvre achevé de vostre beau visage.
Ne jugez point de moy par ma premiere erreur,
Mais jugez-en par vous et par vostre air vainqueur.
L'Amour, qui de nos cœurs absolument dispose,
A fait en un moment cette métamorphose :
Du berger insensible il a tout effacé,
Et du parfait amant les traits il a tracé.
Nymphe, recevez donc ce foible témoignage
D'un feu qui de la mort sçaura vaincre la rage,
Trop heureux si je vois, prest de perdre le jour,
Que vous ne doutez plus de mon sincere amour !

MELISSE.

Quoy ! je vous puis bien croire, et ce bonheur si rare,

Qui charme tous mes sens, où mon esprit s'égare,
N'est point un beau phanthôme, à ces songes pareil,
Que forment des vapeurs pendant nostre sommeil?
Vous m'aimez, Alexis? la chose est veritable?
O le doux changement! ô prodige admirable!
Après ce que je voy, grands dieux! n'attendez pas
Que je vous importune ou plaigne mon trépas.

ALEXIS.

Puisque mon amour plaist à ma belle bergere,
Je n'ay plus de souhaits ni de desirs à faire;
La Fortune n'a rien qu'elle me puisse offrir.
Vivez donc, rare objet, et me laissez mourir...
Mon trépas ne sera qu'une preuve peu forte
De ce qu'entreprendroit l'amour que je vous porte.
Si vous le trouvez bon, je vous ferai present
D'un troupeau qui sous vous sera plus florissant.
Plus d'un coutre pour moy les campagnes sillonne...
Agreez que le tout en mourant je vous donne.

MELISSE.

Ne parlons point encor de ces tristes sujets:
Nostre amour nous fournit de plus plaisans objets.
Laissons agir les dieux: leur bonté sans pareille
Peut en nostre faveur faire quelque merveille;
Et, quand mesme ils auroient arresté nostre mort,
Usons du peu de temps que nous laisse le sort...
Alexis, qu'il est doux d'estre aimé quand on aime!

ALEXIS.

Qu'il est doux de brusler quand on brusle de mesme!

MELISSE.

Le plus charmant plaisir est le plaisir d'aimer.

ALEXIS.

Tout autre près de luy ne peut estre qu'amer.

MELISSE.

Dans ces ravissemens l'ame semble abysmée.

ALEXIS.

On vit bien moins en soy qu'en la personne aimée.

SCENE IV.

ALEXIS, MELISSE, PHILENE, ORANTE, DAMON.

DAMON.

Alcandre vous demande et me dépesche exprés
Pour vous venir conduire au temple de Cerés.

MELISSE.

L'intention des dieux est-elle enfin connuë,
Et duquel de nous deux la mort est resoluë?

DAMON.

D'aucun, et, pour finir ce debat indecis,
On a besoin de vous ainsi que d'Alexis.

MELISSE.

Allons, berger, allons; mais, sans tant de mystere,
Je sçay comment on peut tous deux nous satisfaire...
J'ay trouvé le secret, sans recourir aux dieux,
De finir promptement ce debat ennuyeux.

SCENE V.

PHILENE, ORANTE.

ORANTE.

Grands dieux! souffrirez-vous qu'une amitié si belle
Esprouve la rigueur d'une fin si cruelle?
Vous qu'on dit de l'amour avoir senti les traits
Et gousté la douceur de ses plaisirs secrets,
N'auriez-vous point de peur qu'on taxast vostre gloire
Si vous aviez souffert une action si noire?
Non, je ne le croy pas, et je me veux flatter
Que nous verrons bien-tost vos bontez éclatter.
Philene, voulez-vous que nous allions au temple
Voir débrouïller ce nœud, qui n'eut jamais d'exemple?
Bien qu'à vos vœux Melisse ait resisté toujours,
On ne voit qu'en tremblant en peril ses amours.

PHILENE.

Bergere, je ne puis te suivre en ce voyage...
Mes tristes déplaisirs ne me laissent d'usage
Que celuy d'occuper mon esprit consterné
Aux coups dont me poursuit le destin mutiné.
Adieu... Je vais resver, dans ce bois solitaire,
Quel parti je dois prendre et ce qu'il me faut faire;
Mais que puis-je esperer après ce que j'ay veû?
Alexis est perfide! Alexis s'est rendu!

ACTE V

SCENE PREMIERE.

PHILENE.

Quittons, quittons ces bois, où nostre ame abbattuë
N'a que trop medité sur le mal qui la tuë ;
Retournons dans les lieux où nous puissions sçavoir
Ce qu'a déterminé le celeste vouloir.
Qui doit enfin perir, Alexis ou Melisse ?
Que si quelqu'un des deux le doit avec justice,
C'est sans doute Melisse, et cependant mon cœur
Fait, contre la raison, des vœux en sa faveur.
Je crains qu'à me venger le Ciel trop ne s'anime
Et ne regarde moins la beauté que le crime.
C'en est encore peu, je flatte mes malheurs,
Et pour ne la pas perdre excuse ses rigueurs.
Grands dieux ! si vous avez pour moy quelque indulgence,
Epargnez cette ingratte, et voilà ma vengeance :

Rendez-moy ses mépris, son orgueil rebuttant ;
Seulement, qu'elle vive, et je serai contant.
Pour toy, perfide amy, qui, malgré tes promesses,
As conçu dans ton sein des indignes tendresses,
Qui viens devant mes yeux d'en faire un lâche aveu,
N'atten du juste Ciel, pour loyer, que le feu.
Mais d'où vient que personne en ce lieu ne s'avance
Qui puisse contenter ma juste impatience ?
C'est ici cependant, si j'ay bien écouté,
Que doit estre du sort l'arrest executé.
De ce retardement qui pourroit estre cause ?
Seroit-il point encor survenu quelque chose ?
Mais j'apperçoi Damon... Nul autre ne peut mieux
Eclaircir sur ce point mon desir curieux.
Je vay luy demander...

SCENE II.

PHILENE, DAMON.

PHILENE.

Damon, un mot, de grace...
Souffrez que mon desir par vous se satisfasse.
Que s'est-il fait au temple, et pour lequel des deux
Se déclare le sort, ou doux, ou rigoureux ?

DAMON.

Comment ! vous ignorez, vous seul, ce grand miracle,
Et n'avez rien ouï de ce rare spectacle ?

Vostre interest pourtant y paroist assez grand,
Et le succès ne peut vous estre indifferant.

PHILENE.

J'estois dans ce boccage, attendant de l'apprendre
Par le bruit qui viendroit incontinent s'épandre.
Helas! on sçait trop tost ce qui doit affliger!
Le bonheur est tardif et le mal est leger !
Mais contez-moy, Damon, cette grande aventure...
Que je suis agité! que mon esprit endure !
Ce desordre intestin ne peut estre menteur,
Et ne me promet rien qu'un extrême malheur.

DAMON.

Puisque devers le bois vous revenez vous-mesme,
Faites-moy, je vous prie, une faveur extrême...
N'avez-vous point trouvé des gens sur le chemin?

PHILENE.

Vers où?

DAMON.

Vers le buisson où l'on voit le grand pin.

PHILENE.

Non, je n'ay rien trouvé; mais, si je ne m'abuse,
Non loin de moy marchoit une troupe confuse.
Ils parloient assez haut, et sans doute ils alloient
Vers le lieu qu'à present vos discours m'indiquoient.

DAMON.

C'est eux assurément; ils ont bien pris la voye.

PHILENE.

Qui donc?

9.

DAMON.

Les officiers que le grand prestre envoye.

PHILENE.

Damon, ne tenez plus mon esprit suspendu,
Et daignez me conter ce que vous avez veû.

DAMON.

Ami, je suis pressé; l'on doit, en ma presence...

PHILENE.

Ah! Damon, je ne puis, je meurs d'impatience.
Si jamais...

DAMON.

Hé bien! donc, je vais succinctement
Vous faire le recit de cet evenement.

PHILENE.

Commencez donc enfin.

DAMON.

Ecoutez... Comme Alcandre
Se fut en vain gesné pour l'oracle comprendre,
Et qu'il eut admiré, par un combat nouveau,
Deux bergers disputer la gloire du tombeau,
Ne pouvant penetrer dans une nuit si noire,
Presque desesperé, vint tout d'un coup à croire
Que l'on avoit choqué la majesté du dieu
En lisant son oracle en un profane lieu,
Et que, pour nous punir de nostre irreverence,
Il en avoit exprès caché l'intelligence,
Répandu sur nos yeux l'ombre et l'obscurité,
Et de ces deux bergers le debat suscité.

« Allons, dit-il, au temple, et n'ayons point de honte
D'éxpier nostre erreur par une amende prompte. »
Il marche le premier; Tircis et moy suivons,
Et dans l'enclos sacré tous trois seuls arrivons.
Vous le sçavez. Alors Alcandre s'humilie,
Et commence à prier les dieux de Thessalie,
Les faunes, les sylvains, les satyres cornus,
Le berger Apollon, la bergere Venus;
Mais surtout à l'Amour, dont tout ce qui respire
Respecte le pouvoir et redoute l'empire,
Il adresse sa voix, et tasche par ces mots
L'obliger à vouloir débrouïller ce chaos :
« Grand dieu, le plus puissant de la troupe divine,
A qui doit l'univers sa premiere origine,
Et qui, par des secrets et merveilleux ressorts,
De cette grande masse entretiens les accords;
Toy qui regnes au Ciel, qui regnes sur la terre,
Qui sçais assujettir le maistre du tonnerre,
Et ne dedaignes pas de venir quelquefois
Honorer nos hameaux et visiter nos bois !
Aimable deïté, donne-nous quelque indice :
Qui te doit estre offert, Alexis ou Melisse?
En sauvant l'innocent, monstre le criminel,
Et de son sang bien-tost fumera ton autel. »
Alcandre, ayant fini, se taist, s'arreste, écoute,
Esperant que bien-tost s'eclaircira son doute.
Mais rien ne luy répond : tout est sourd à ses cris,
Les faunes, les sylvains et le fils de Cypris.
Dans ce triste embarras de surprise et de trouble,
Alcandre recommence, et sa ferveur redouble;

Mais le Ciel est toujours inexorable et dur :
Aussi sombre est la nuit, l'oracle autant obscur.
Ce ministre des dieux ne sçait que dire ou faire.
Son esprit, à la fin, ce secret luy suggere :
Il veut que dans le temple on enferme avec nous
Les autheurs incertains du celeste courroux,
Esperant que les dieux, touchez par leur présence,
Du criminel enfin donneroient connoissance,
Nommeroient la victime, et par un juste choix
Nous voudroient bien tirer de ces douteux abois.
Je les viens donc querir, suivant l'ordre d'Alcandre ;
Mais, pendant le chemin, je les voy tous deux prendre
Un conseil insolent, ainsi que furieux,
De ne se point survivre après l'arrest des dieux.
Nous approchons du temple. Ils entrent... ô surprise !
La masse tout d'un coup se choque, se divise ;
L'on entend un grand bruit dans le vaste des airs,
Et nos yeux sont frappez de lumineux éclairs.
Nous ne doutons plus lors que tous ces grands presages
De l'approche du dieu ne soient des témoignages.
Nous nous prosternons donc humblement, attendans
Du suprême vouloir les signes evidens.
Alors à ce grand bruit le silence fait place ;
Un jour pur et serain ces faux brillans efface :
Dans un nuage d'or se découvre l'Amour ;
Les Graces, les Plaisirs, les Jeux, sont à l'entour.
Il tient son arc fatal ; son carquois pend derriere ;
Un crespe délié luy cache la lumiere ;
Zephyre, à ses costez, tient sa torche en sa main.
Il nous rend à la fin cet oracle certain.

IIᵉ ORACLE.

Vos maux s'en vont finir, recevez-en l'augure.
Le Ciel n'a pû les voir sans en estre touché;
Mais, bergers, pour me plaire et dignement conclurre
Ce que vous ignoriez et qui n'est qu'ébauché,
Unissez promptement, unissez les victimes...
C'est ainsi que l'Amour se sçait venger des crimes.

Il se retire ensuite, et nous laisse ravis
Que d'un si beau succès nos desseins soient suivis.
Nous admirons du dieu le decret équitable,
Qui sçait ainsi punir l'un et l'autre coupable,
Et, semblant satisfaire à leur zele indiscret,
Sur eux, sans distinguer, venge un commun forfait.
Quelque peu des bergers nous touche la misere,
Mais au salut public qu'est-ce qu'on ne prefere?
Alcandre incontinent m'ordonne de marcher
Et de faire au plustost construire le bucher.
Je n'ay point perdu temps, et par ma diligence
Des officiers sacrez une troupe s'avance.
J'y vais moy-mesme aussi.

PHILENE.

      Mais Damon, en ce lieu,
Doit-on pas accomplir la volonté du dieu?

DAMON.

Non, c'est dans la forest, où, comme l'on assure,
Jadis est arrivée une mesme aventure.

PHILENE.

Damon, les deux bergers estoient-ils étonnez

Lorsque le Ciel les eut à la mort condamnez?

DAMON.

Non, nulle émotion n'altera leur visage,
Et l'on ne sçauroit plus témoigner de courage.
Leurs yeux sans cesse estoient l'un sur l'autre arrestez,
Et d'un secret plaisir ils sembloient transportez,
Comme si dès longtemps de mutuelles flammes
Eussent atteint leurs cœurs et bruslé dans leurs ames,
Et que bien-tost, conduits dans le lit nuptial,
Ils s'y deussent unir, non au bucher fatal.
Cependant on les orne, avec soin on les pare,
On couvre leurs habits de gaze fine et rare;
Leurs chefs sont couronnez de guirlandes de fleurs,
Et l'on répand sur eux des exquises odeurs.
Mais je les voy venir... Cette grande poussiere
M'est de leur prompt abord la seure avantcourriere.
Adieu.

SCENE III.

PHILENE.

Destins cruels, où me reduisez-vous,
Et pourquoy dessus moy retombent tous vos coups?
Si sous mes propres maux je succombe moy-mesme,
Pourquoy m'affligez-vous dans le sujet que j'aime,
Et, condamnans Melisse à l'horreur du trépas,
Paroissez inhumains et ne me vengez pas?
Si c'est contre moy seul qu'elle a commis l'offence,

Quittez-moy donc le soin d'en tirer la vengeance.
Me la laissant aimer, vous la punirez mieux,
Puisque rien ne sçauroit plus déplaire à ses yeux.
Mais, lâche sentiment, trop indigne tendresse,
D'un cœur peu genereux peu seante foiblesse,
Sortez, et faites place au juste repentir
D'avoir pû si longtemps avec vous compatir !
Melisse aime Alexis ! Elle a pû, la cruelle !
Dédaigner le present de nostre amour fidelle,
Et son traistre berger, par ses attraits charmé,
Pour elle s'est senti tout d'un coup enflammé !
Que nous faut-il donc plus, et qu'est-ce qui nous reste
De plus injurieux, plus rude et plus funeste ?
Tous deux sont criminels : haïssons-les tous deux,
Elle pour n'aimer pas, luy pour estre amoureux.
Puisque les dieux en main prennent nostre querelle,
Conspirons avec eux et secondons leur zele.
Oüi, je vous le promets, lâche couple d'amans,
Je verrai d'un œil sec vos plus cruels tourmens ;
J'assisterai moy-mesme à vos plus rudes gesnes,
Et n'auray ni regret ni pitié de vos peines !
Ils s'approchent de nous, et ce couple odieux...
Que moncœur est troublé ! que Melisse, à mes yeux,
Paroist pleine d'appas, et, tout prest de s'éteindre,
Que cet astre est brillant ! qu'il est encor à craindre !
Les dieux ont-ils rien fait qu'on luy puisse égaler ?
Un seul de ses regards peut-il pas tout brusler ?
Est-il à ses souris de cholere indomptable,
Et qui peut l'outrager n'est-il pas execrable ?
Ah ! pardonnez, Melisse, excusez le transport

Qu'a causé malgré moy mon trop malheureux sort...
Ce poison qu'a vomi ma bouche criminelle
N'a point gasté le cœur innocent et fidelle,
Et, dans le mesme instant que de fureur grossi
J'outrageois vos appas...

SCENE IV.

ALCANDRE, TIRCIS, ALEXIS, MELISSE, ORANTE, PHILENE,
TROUPE DE BERGERS ET BERGERES.

ALCANDRE.
       Arrestons-nous ici
Jusqu'à ce que Damon, dans peu, nous avertisse
Que tout est dans le bois prest pour le sacrifice,
Que le bucher languit, que les sacrez brandons
Demandent la victime, et que nous seuls tardons.
Cependant, mes enfans, dans le peu qui vous reste,
Preparez vos esprits à ce combat funeste ;
Armez-vous de constance, et, méprisans le sort,
Couronnez vos destins par une belle mort.
« Qui meurt pour sa patrie est digne qu'on l'envie,
« Et trouve dans sa mort une immortelle vie. »
Les peuples à l'envi, qui par vostre trépas
Verront bien-tost finir leurs malheureux degats,
De vostre nom bien-haut celebreront la gloire
Et l'eterniseront au temple de Memoire.

Vous serez le sujet de leurs vers, de leurs chants;
Et quand, au renouveau, l'agréable printemps
Fera naistre l'émail de mille fleurs nouvelles,
On chomera pour vous des festes solemnelles,
Où le nom de Melisse et celuy d'Alexis
Seront dits mille fois et mille fois redits.
Je sçai bien que vostre ame, et forte et genereuse,
Ne peut jamais souffrir de foiblesse honteuse;
Mais, lorsque le trespas s'appreste à nous saisir,
Le plus ferme courage est sujet à transir.

MELISSE.

Pour moy, loin d'avoir peur d'une fin si tragique,
Un sensible plaisir me chatouïlle et me pique.
Mais j'apperçoy Philene... Alcandre veut-il bien
Avec luy m'accorder un moment d'entretien?

ALCANDRE.

J'y consens. Aussi bien, c'est sa flamme outragée
Qui doit estre en ce jour par vostre mort vengée.
Taschez donc d'obtenir que vostre chastiment
Calme toute l'aigreur de son ressentiment,
Ou si d'un bel effort vous vous sentiez capable,
En ce dernier moment soyez-luy favorable.

MELISSE.

Adieu, Philene, adieu! Je touche au point fatal,
Et la Parque m'appelle au tribut general.
Cet objet dédaigneux, cette fiere bergere,
Ne sera plus bien-tost que cendre et que poussiere.
De son superbe orgueil le feu vous vengera,
Et d'elle seulement un vain nom restera.

10

Pardonnez-luy, Philene, et que par son supplice
Vostre ressentiment pour le moins s'adoucisse.
Oubliez cette ingrate, et qu'à vos plus beaux jours
Le Ciel daigne accorder de plus douces amours.

PHILENE.

Ah ! ne m'outragez point, trop injuste Melisse,
Me faisant de vos maux l'autheur ou le complice !
Si je sers de pretexte au destin mutiné,
Helas ! j'ay contre luy plus que vous fulminé.
S'il vous est rigoureux, il m'est encor plus rude.
Un moment vous sçaura tirer de servitude,
Finira vos tourmens, vous mettra dans le port,
Et pour moy tous mes jours seront des jours de mort.
C'est moy qui des malheurs seray toujours la proye,
Et qui n'auray jamais de veritable joye,
Trop heureux si je puis vostre exemple imiter
Et d'un courage égal mes malheurs supporter !
Ah ! si des mesmes feux nos ames enflammées
Eussent eu le plaisir d'aimer et d'estre aimées,
Si Melisse à Philene eust engagé sa foy,
Si Philene eust juré de mourir sous sa loy !
Les dieux dans leurs palais n'ont rien de comparable
Aux charmantes douceurs de ce lien aimable.
Mais...

ALCANDRE.

Et vous, Alexis, d'un courage viril
Affronterez-vous bien ce terrible peril ?
Quelle est cette langueur que vos yeux font paroistre ?
Quoy ! vostre cœur s'abbat, et vous tremblez peut-estre ?

ALEXIS.

Non, je ne tremble point, et je sçauray perir,
Sans laisser échapper ni sanglot ni soupir.
La peur ne peut avoir nul accès en une ame,
Quand y brûle un beau feu, quand Melisse l'enflamme...
Expirer à ses yeux sur un mesme bucher
Est un bonheur trop grand, est un plaisir trop cher.
Ma défaite me tient place de la victoire,
Et je trouve en ma mort une trop belle gloire.
Amour, sois satisfait, appaise ton courroux,
Et nous regarde enfin d'un visage plus doux...
Ce cœur qui fut jadis à tes lois si contraire,
Qui dédaigna les vœux d'une aimable bergere,
Et qui creût qu'on pouvoit, dans son jeune printemps,
Echapper aux appas des pieges que tu tends;
Ce chasseur indompté, dont l'aveugle manie
Donnoit à ton pouvoir le nom de tyrannie,
Et qui, pour éviter l'adresse de tes traits,
S'écartoit des hameaux et cherchoit les forests,
Il brûle maintenant, et t'offre en sacrifice
Le veritable amant de la belle Melisse.
Uny dans le bucher ce couple malheureux,
Moins par la flamme uni que conjoint par tes nœuds.

ALCANDRE.

Dieux ! qu'est-ce que j'entends, et que ce grand miracle
M'inspire un sens heureux pour expliquer l'oracle !
Mais, avant que d'oser sur ce point nous ouvrir,
Il faut premierement du fait bien s'éclaircir.
Alexis, dites-moy, seroit-il bien possible
Qu'à present vostre cœur fust devenu sensible,

Qu'il brulast pour Melisse, et qu'un heureux moment
Eut pû causer dans vous un si grand changement?
Parlez donc, Alexis?

ALEXIS.

         Divinitez suprêmes,
Qui sçavez nos pensers aussi bien que nous-mesmes,
Je vous prens à témoin si l'Amour sous sa loy
A jamais vû berger plus embrasé que moy!
Ce que fait le long temps dans une ame vulgaire,
Un bel effort dans moy tout d'un coup l'a sçu faire;
Ma raison a cédé, mes yeux se sont ouverts,
Et mon cœur avec joye est entré dans les fers.
J'ay connu les soûpirs et les impatiences,
Les craintes, les desirs, l'espoir, les défiances,
Et tout ce que ce dieu, dans un long cours de temps,
Enseigne à ses sujets sous sa lòy combattans.
Mais que sert cet aveu, si mon amour, Melisse,
Ne vous peut garantir du fatal precipice?
L'oracle a prononcé : rien ne peut retracter
Ce qu'une fois aux dieux il a plû d'arrester.

ALCANDRE.

Je sens de mon esprit dissiper le nuage :
La nuit fait place au jour, et l'ombre se dégage;
Une vive clarté se presente à mes yeux,
Et je comprens enfin le langage des dieux.
Que des pauvres humains la science est bornée,
Qu'elle est de toutes parts d'erreurs environnée,
Puisqu'un discours si clair, pendant un si long temps,
A tenu nos esprits incertains et flottans!

N'esperez point, bergers, que la peste finisse
Qu'un insensible cœur ne brusle en sacrifice.
Un cœur brûle-t-il pas lorsqu'il est consumé
Par l'amour de l'objet dont il se sent charmé?
Unissez promptement, unissez les victimes.
C'est ainsi que l'Amour se sçait venger des crimes.
N'est-ce pas par l'hymen que les amans unis
Voyent avec plaisir leurs supplices finis?
Et n'est-ce pas aussi dans les doux mariages
Que l'Amour, de tout temps, a vengé ses outrages?...
Mais que veut ce berger? Il semble transporté
Et paroist interdit de quelque nouveauté.

SCENE V.

ALCANDRE, TIRCIS, ALEXIS, MELISSE, ORANTE, PHILENE, DAMON,

Troupe de bergers et bergeres.

Damon.

Seigneur, quand le bucher, sur sa baze solide,
A conduit par mes soins sa haute pyramide;
Que l'urne, les brandons, le drap, ont esté prests,
Et tout le champ jonché de myrthe et de cyprès,
Un brillant trait de feu, que l'on a veû descendre,
A reduit promptement tout le bucher en cendre,
Dissipé nos projets, renversé nos desseins,
Et mis dans les esprits mille scrupules vains.

Je suis viste accouru moy-mesme vous l'apprendre.

ALCANDRE.

Les dieux se font encor par ceci mieux entendre :
Consumer le bucher, n'est-ce pas hautement
Blasmer nostre ignorance et nostre aveuglement?
Ce présage est visible, et le Ciel nous l'envoye.
Mais cet autre, qu'a-t-il? Il paroist plein de joye.

SCENE VI.

ALCANDRE, TIRCIS, ALEXIS, MELISSE, ORANTE, PHILENE, DAMON, ÆGON, TROUPE DE BERGERS ET BERGERES.

ÆGON.

Seigneur, tous nos troupeaux ont repris leur vigueur,
Et ne se sentent plus desjà de leur langueur.
On les entend besler aux basses bergeries ;
On les voit sauteler dans les vertes prairies,
Y tondre l'herbe fine et trouver des appas
Dans ce qu'auparavant ils ne regardoient pas.
Cette faveur n'est point en un lieu resserrée :
Elle est desjà publique en toute la contrée.
Menalque et Lycidas m'ont dit qu'en leurs cantons
Un semblable bonheur accueilloit leurs moutons.

ALCANDRE.

Non, non, n'en doutons plus, la volonté celeste

Est accomplie enfin ; l'indice est manifeste,
Puisque d'un heureux feu l'insensible Alexis
Pour la belle Melisse est maintenant espris.
De penser que les dieux se plaisent au carnage
Est ne les pas connoistre et leur faire un outrage ;
Mais surtout de l'Amour les paisibles autels
Ne se repaissent point dans le sang des mortels :
C'est un dieu de douceur, de plaisir, de delices ;
Les cœurs assujettis sont ses seuls sacrifices ;
Luy-mesme est son vengeur, et ses plus durs tourmens
Sont les tendres soûpirs et les pleurs des amans.
L'union qu'il demande est le doux hymenée,
Par qui l'amante vit à l'amant enchaisnée ;
Et, s'il veut des ardeurs, s'il desire des feux,
Ce sont ceux qu'il allume en des cœurs amoureux.
Vivez, vivez, bergers ; bannissez toute crainte,
Et reveillez enfin vostre esperance éteinte :
L'orage est écarté, le calme est de retour,
Et vous verrez bien-tost couronner vostre amour.
Dans vostre beau printemps, vos deux ames unies
Esprouveront dans peu des douceurs infinies,
Et beniront le jour qu'un favorable sort,
Prests d'estre submergez, vous a poussez au port.

                MELISSE.

Alexis, est-il vray ?

                ALEXIS.

        Melisse, est-il croyable ?

                MELISSE.

Est-ce point un beau songe ?

ALEXIS.

Est-ce point une fable...

MELISSE.

Qu'un si tendre plaisir?

ALEXIS.

Qu'un heur si surprenant?

MELISSE.

O merveille admirable!

ALEXIS.

O miracle étonnant!

ALCANDRE.

Mais que va devenir le malheureux Philene?
Il le faut consoler dans sa cruelle peine.
Philene, à cette feste il vous faut prendre part,
Et croire qu'en cecy rien n'est fait par hazard.
Se conformer aux dieux est la grande maxime
Que doit suivre un grand cœur quand la vertu l'anime.
Le juste Ciel, touché par vostre pur amour,
Le recompensera d'un plus heureux un jour.

PHILENE.

Cette journée, Alcandre, en miracles abonde;
Elle est de toutes parts en prodiges feconde.
De subits changemens on voit un long reflus;
Moy-mesme, je me cherche et ne me trouve plus.
De mon ardent amour la flamme est rallentie :
En une amitié pure elle s'est convertie,
Et je puis aujourd'huy, sans en estre jaloux,
Voir donner à Melisse Alexis pour époux.

ALCANDRE.

Grands dieux! que vos bontez meritent de loüanges,
Et qu'elles nous font voir de prodiges estranges,
Puisqu'en un mesme jour, de deux bergers divers,
Le froid devient amant, l'amant brise ses fers!
Ne différons donc plus, allons par l'hymenée
Dans le temple voisin unir leur destinée,
Et rendre grace au Ciel, qui d'un si grand danger,
Par un heur impreveu, nous a sceu dégager.

A PARIS

DES PRESSES DE D. JOUAUST

Imprimeur breveté

RUE SAINT-HONORÉ, 338

M DCCC LXXIX